mare

Pedro Mairal

Auf der anderen Seite des Flusses

Roman

Aus dem
argentinischen
Spanisch von
Carola S. Fischer

mare

Die Originalausgabe erschien 2016 unter dem
Titel *La uruguaya* bei Emecé Editores, Buenos Aires.

Copyright © Pedro Mairal, 2016
c/o Indent Literary Agency, www.indentagency.com

1. Auflage 2020
© 2020 by mareverlag, Hamburg
Typografie Iris Farnschläder, mareverlag
Schrift Plantin
Druck und Bindung CPI books GmbH, Germany
ISBN 978-3-86648-603-4

MIX
Papier aus verantwor-
tungsvollen Quellen
FSC
www.fsc.org   FSC® C083411

www.mare.de

1 Du hast mir gesagt, dass ich im Schlaf gesprochen habe. Das ist das Erste, was ich von diesem Morgen noch erinnere. Der Wecker klingelte um sechs. Maiko war in der Nacht in unser Bett gekommen. Du hast mich umarmt, und wir flüsterten uns ins Ohr, murmelten, um ihn nicht zu wecken, aber ich glaube auch, um uns nicht den nächtlichen Atem ins Gesicht zu hauchen.

»Soll ich dir einen Kaffee machen?«

»Nein, Liebling. Schlaft ihr nur weiter.«

»Du hast im Schlaf gesprochen. Du hast mich erschreckt.«

»Was habe ich denn gesagt?«

»Das Gleiche wie letztes Mal: *guerra*, Krieg.«

»Seltsam.«

Ich duschte und zog mich an. Dann gab ich dir und Maiko meinen Judaskuss.

»Gute Reise«, sagtest du.

»Wir sehen uns heute Abend.«

»Pass auf dich auf.«

Ich nahm den Fahrstuhl bis zur Tiefgarage im Untergeschoss und fuhr hinaus, ohne Musik anzumachen. Es war noch dunkel. Ich fuhr die Calle Billinghurst hinunter und bog dann in die Avenida del Libertador ab. Es herrschte schon Verkehr, vor allem in der Nähe des Hafens waren viele Lastwagen unterwegs. Auf dem Parkplatz der Fährgesellschaft Buquebús teilte mir ein Wächter mit, dass schon alles belegt sei. Ich musste umkehren und das Auto an einem Strand auf der anderen Straßenseite stehen lassen. Der Gedanke gefiel mir nicht, denn spätabends, wenn ich mit den Dollars in den Taschen zurückkäme, würde ich diese zwei dunklen Häuserblocks an der ausgestorbenen Straße entlanglaufen müssen.

Keine Warteschlange vor dem Check-in-Schalter. Ich legte meinen Reisepass vor.

»Die Schnellfähre nach Colonia?«, fragte mich der Angestellte.

»Ja, und den Bus nach Montevideo.«

»Nehmen Sie heute noch die direkte Verbindung zurück?«

»Ja.«

»Gut ...« Der Mann blickte mich ungewöhnlich lange an.

Er druckte den Fahrschein aus und überreichte ihn mir mit einem eisigen Lächeln. Ich wich seinem Blick aus. Der Mann war mir unangenehm. Warum sah er mich so an? Konnte es sein, dass alle Passagiere, die am selben Tag hin- und zurückfuhren, auf eine Liste gesetzt wurden?

Ich nahm die Rolltreppe hinauf zur Zollkontrolle, legte den Rucksack in den Gepäckscanner und lief durch das Labyrinth aus leeren Absperrbändern. »Treten Sie vor«, forderte man mich auf. Ein Beamter der Einwanderungsbehörde überprüfte meinen Pass, meine Fahrkarte. »Kommen Sie, Lucas, stellen Sie sich bitte vor die Kamera. Gut so. Drücken Sie den rechten Daumen … Danke.« Ich nahm die Fahrkarte, den Pass und ging in die Wartehalle.

Alle Fahrgäste hatten sich in eine lange Schlange eingereiht. Durch das Fenster sah ich die Fähre, die gerade am Anleger manövrierte. Ich kaufte mir den teuersten Kaffee und das teuerste Croissant der Welt (ein klebriges Croissant, ein radioaktiver Kaffee) und stürzte beides innerhalb einer Minute hinunter. Dann stellte ich mich am Ende der Schlange an und lauschte einigen brasilianischen Pärchen in meiner Nähe, einigen Franzosen, einem Provinzakzent aus dem Norden, vielleicht aus Salta. Ein paar Männer waren allein, wie ich; vielleicht fuhren auch sie für einen Tag nach Uruguay, um zu arbeiten oder Geld zu holen.

Die Schlange rückte vor, ich lief durch die mit Teppich ausgelegten Gänge und erreichte die Fähre. Der große Raum mit den vielen Sesseln hatte etwas von einem Kinosaal. Ich entdeckte einen Platz am Fenster, setzte mich und schickte dir eine Nachricht: »An Bord. Ich liebe dich.« Ich schaute aus dem Fenster. Es wurde bereits hell. Die Hafenmole verlor sich in gelblichem Nebeldunst.

Dann schrieb ich die Mail, die du später entdeckt hast: »Guerra, ich bin auf dem Weg. Kannst du um zwei?«

Ich ließ mein E-Mail-Postfach niemals offen. Nie. In dem Punkt war ich sehr, sehr vorsichtig. Mich beruhigte das Gefühl, dass ich einen Teil meines Gehirns nicht mit dir teilte. Ich brauchte meinen Schattenkegel, meinen Türstopper, meine Intimsphäre, und sei es nur, um zu schweigen. Diese Siamesische-Zwillings-Nummer einiger Paare erschreckt mich immer wieder: Sie haben die gleiche Meinung, sie essen das Gleiche, sie betrinken sich gleichzeitig, als ob sie einen Blutkreislauf teilten. Es muss einen chemischen Befund von Nivellierung geben, wenn man viele Jahre lang ständig diese Choreografie beibehalten hat. Derselbe Ort, die gleiche Routine, die gleiche Ernährung, simultanes Sexleben, identische Stimuli, Übereinstimmung von Körpertemperatur, finanziellen Verhältnissen, Ängsten, Anreizen, Wanderungen, Plänen … Welches zweiköpfige Monster wird auf diese Art erschaffen? Du wirst mit dem anderen symmetrisch, die Stoffwechsel synchronisieren sich, du funktionierst spiegelbildlich; ein zweiteiliges Wesen mit einem einzigen Wunsch. Und das Kind wird diese Umarmung mit einem ewigen Band umschlingen und es für immer verknoten. Allein die Vorstellung schnürt mir die Kehle zu.

Ich sage »die Vorstellung«, denn ich denke, dass wir beide dagegen ankämpften, auch wenn die Trägheit uns schon gepackt hatte. Mein Körper endete nicht mehr an meinen Fingerspitzen; er setzte sich in deinem fort. Ein einziger Körper. Es gab keine Catalina mehr, keinen Lucas. Unsere Abgeschlossenheit bekam Löcher, Risse: Ich sprach im Schlaf, du hast meine Mails gelesen …

In einigen Gegenden der Karibik geben die Eltern dem Kind einen Namen, der sich aus dem des Vaters und dem der Mutter zusammensetzt. Hätten wir ein Mädchen bekommen, hätten wir sie Lucalina nennen und Maiko hätte Catalucas heißen können. Das ist der Name des Monsters, das du und ich waren, als wir uns einer in den anderen ergossen. Diese Vorstellung von der Liebe gefällt mir nicht. Ich brauche einen Winkel nur für mich. Warum hast du meine Mails angeschaut? Ich habe mir deine nie angesehen. Ich weiß schon, du hast dein Postfach immer offen gelassen, das hat meine Neugier erstickt, aber ich wäre auch nie auf die Idee gekommen, deine Nachrichten zu lesen.

Die Fähre lief aus. Das Hafenbecken blieb in der Ferne zurück. Ein Stück Küste war zu sehen, schwach erahnte man die Silhouetten der Häuser. Ich verspürte enorme Erleichterung. Weggehen. Und sei es nur für kurze Zeit. Das Land verlassen. Aus dem Lautsprecher tönten die Sicherheitsvorschriften, auf Spanisch, auf Portugiesisch, auf Englisch. Eine Rettungsweste unter jedem Sitz. Kurz darauf: »Wir möchten die Passagiere darauf aufmerksam machen, dass der Freeshop geöffnet hat.« Welches argentinische Genie hat sich dieses Wort einfallen lassen, Freeshop? Je mehr Handelsbeschränkungen erlassen werden, desto besser gefällt uns Argentiniern dieses Wort. Eine seltsame Vorstellung von Freiheit.

Ich unternahm diese Reise, um mein eigenes Geld zu schmuggeln. Die Vorschüsse auf meine Autorenhonorare. Die Kohle, die alle Probleme lösen würde. Bis hin zu meiner Depression und Zurückgezogenheit und dem ständigen »Nein« des Mangels. Nein, ich kann nicht, weil ich kein Geld habe, nein, ich gehe nicht aus, nein, ich verschicke den Brief nicht, nein, ich drucke das Formular nicht aus, nein, ich frage nicht bei der Agentur nach, ich lege den Streit nicht bei, ich streiche die Stühle nicht an, ich kümmere mich nicht um die feuchten Wände, ich schicke den Lebenslauf nicht ab. Warum? Weil ich kein Geld habe.

Im April hatte ich das Konto in Montevideo eröffnet. Vor Kurzem, im September, waren die Vorschüsse aus Spanien und aus Kolumbien für zwei Buchverträge eingetroffen, die ich vor Monaten unterschrieben hatte. Wenn man mir das Geld nach Argentinien überwiesen hätte, wäre es von der Bank zum offiziellen Wechselkurs in Pesos umgetauscht und die Einkommensteuer wäre auch noch abgezogen worden. Wenn ich das Geld aber in Uruguay am Bankschalter abholte und in bar nach Hause brachte, konnte ich es in Buenos Aires zum inoffiziellen Kurs wechseln und hatte mehr als das Doppelte übrig. Die Reise lohnte sich, auch wenn die Gefahr bestand, dass die Zollbeamten die Geldscheine bei meiner Rückkehr fanden. Denn ich würde mit mehr Dollars die Kontrolle passieren, als erlaubt war.

Der Río de la Plata: Silberner Fluss – oder Fluss des Geldes? Nie war ein Name so gut gewählt. Das Wasser begann zu glitzern. Ich würde dir das Geld zurückzahlen können, das ich dir für die Monate schuldete, in denen ich keine Arbeit gehabt hatte und wir von deinem Gehalt allein gelebt hatten. Ich würde mich etwa zehn Monate lang ausschließlich dem Schreiben widmen können, wenn ich auf die Ausgaben achtete. Die Sonne ging auf. Die Pechsträhne wäre vorüber. Ich erinnere mich an den Tag, als wir die Autobahnmaut mit Stapeln von Fünfzig-Centavo-Münzen bezahlten. Wir wollten meinen Bruder in Pilar besuchen. Die Frau im Kassenhäuschen konnte es nicht glauben. Sie zählte das Hartgeld, fünfzehn Pesos in Münzen. Es fehlen fünfzig Centavos, sagte sie. Hinter uns wurde gehupt. Das muss stimmen, zählen Sie es noch einmal, sagte ich. In Ordnung, fahren Sie, sagte sie, und lachend preschten wir los, du und ich, aber vielleicht mit einem leicht bitteren Nachgeschmack, ohne es uns einzugestehen. Denn du sagtest: Wir haben finanzielle Probleme, keine wirtschaftlichen. Und das schien zuzutreffen. Doch ich arbeitete keine Projekte aus, ich hatte mit niemandem einen Vertrag geschlossen, ich wollte keine Kurse leiten und keinen Unterricht geben, und es entstand ein Schweigen, das mit den Monaten wuchs, in dem Maße, wie sich die Küchenspüle löste und ich sie mit ein paar Blechdosen abstützte, die Teflonschicht der Töpfe bekam Kratzer, eine Wandleuchte im Wohnzimmer brannte durch, und wir saßen im Halbdunkel, die Waschmaschine ging kaputt, der alte Ofen begann, einen seltsamen Geruch zu verströmen, die Lenkung des Autos zitterte wie eine Raumfähre beim Durchqueren der Atmosphäre ... Und meine Zahnbehandlung wurde nicht beendet, weil die Krone sehr teuer war, die Spirale für dich schoben wir bis auf Weiteres auf, Maikos Kindergarten schuldeten wir zwei Monatsbeiträge, wir waren mit dem Wohngeld im Rückstand, mit der Krankenversicherung, und eines Nachmittags wurde im Walmart keine unserer Kreditkarten mehr akzeptiert. Maiko stampfte wütend zwischen den Kassen auf den Boden, während wir alles zurücklegen mussten, was wir in den Einkaufswagen getan hatten. Wir waren wütend, und wir schämten uns. Nicht genug Guthaben.

Einmal stritten wir auf dem Balkon, ein anderes Mal in der Küche, du saßt mit übergeschlagenen Beinen auf der Marmorarbeitsplatte, hast geweint und dir Eis auf die Augen gelegt. Morgen muss ich mit diesen Augen zur Arbeit, so 'ne Scheiße, sagtest du. Du hattest es satt, mich, meine Giftwolke, meinen sauren Regen. Ich habe das Gefühl, du bist am Boden, erledigt, sagtest du. Ich verstehe nicht, was du willst. Und ich, mit dem Rücken gegen den Kühlschrank, anästhesiert, wusste nicht, was ich sagen sollte. Ich suchte nach einem Ausweg, egal welchem, ich fühlte mich in die Enge getrieben, und mir fiel nichts Besseres ein, als dir meinen Frust aufzutischen. Ich provozierte dich, um zu sehen, wie du reagieren würdest. Wenn du dein Sexleben auf zwei Mal im Monat reduzieren möchtest, mach das, ich kann so nicht leben, sagte ich zu dir. Wenn ich ausging und nach einer Lesung oder einer Gesprächsrunde in einem Kulturzentrum noch etwas trank, sprachen mich oft Frauen an, eine vorwitzige Fünfundzwanzigjährige oder eine attraktive Fünfzigjährige. Sie fragten mich etwas, lächelten mich an, sie wollten, sie wollten unbedingt, und ich dachte, warum eigentlich nicht, zwei Bier und dann ab ins Hotel, etwas Abenteuer, mir wuchsen Reißzähne, ein Löwe an einer Leine aus Wurstgarn. Ich muss gehen, sagte ich dann zu der jeweiligen Frau, ein Küsschen auf die Wange, wie schade, meinte sie, ja, ich habe einen kleinen Sohn, die eiskalte Dusche, morgen weckt er mich früh auf, das war's, basta. Und ich trat hinaus in die Nacht, stieg in einen Bus, kam nach Hause, wo du schon schliefst, ich schmiegte mich an dich, in Löffelstellung, aber nichts, du warst erschöpft, im Tiefschlaf. Am frühen Morgen kam Maiko in unser Bett. Wir standen auf. Wir rührten ihm seinen Nesquik an, ich brachte ihn zum Kindergarten, du machtest dich auf ins Zentrum. Ciao, wir sehen uns heute Abend, und wenn du zurückkamst, warst du müde und wolltest ohne Abendessen ins Bett gehen, und ich schaute mir eine Serie an, Wut staute sich in mir auf, giftiges Testosteron. Monate ging das so.

Soll ich dich dazu beglückwünschen, dass du dir keine Freundin suchst?, sagtest du. Muss ich dir etwa dankbar sein? Du warst wütend, auf Streit aus. Und du hast dir nichts anmerken lassen. Du kannst gut diskutieren. Sag mir, was du willst, hast du mich provoziert. Und ich entgegnete nichts mehr. Ich wollte nicht weiter streiten. Ab welchem Moment war es paralysiert, das Monster, das aus dir und mir bestand? Es gab Zeiten, da haben wir im Stehen gevögelt. Erinnerst du dich? Auf dem Balkon deiner Wohnung in Agüero, gegen den Wandschrank gelehnt, den wir zusammen gestrichen hatten, in der Dusche und einmal auch auf dem Esstisch. Wir waren schön, wenn wir uns auf diese Weise suchten. Wir waren gierig nacheinander. Von vorn, ich hob dein Bein an und drückte es gegen die Wand, auf allen vieren im Sessel, sodass die Deko umfiel, du auf mir, plötzlich gekrümmt, als ob ein außerirdisches Schiff dich in die Lüfte entführen würde. Wir hatten Ideen, wechselnde Stellungen, wie in Rotation, kraftvoll, entflammt. Kurz darauf war unsere Bestie mit den zwei Rücken gelähmt, sie stürzte und stand nicht wieder auf. Sie tauchte nur noch in der Nähe des Betts auf, durch Berührung, in der Horizontalen, die faule Bestie, schnelle Nummern in einer einzigen Stellung, die vorhersehbare Missionarspose, oder du auf dem Bauch, beinahe abwesend. Allein und zusammen. Oder diese Nächte, in denen du so müde warst, dass du dich nicht richtig ins Bett, sondern zwischen Überdecke und Laken gelegt hast, und wenn ich später unter das Laken schlüpfte, konnte ich mich weder an dich schmiegen noch meinen Arm um deine Taille schlingen, ich konnte weder deine Brüste berühren noch dir einen Kuss in den Nacken geben, getrennt durch straff gespannten Stoff waren wir Seite an Seite, aber unerreichbar füreinander, wie auf zwei verschiedenen Ebenen der Realität.

In vielen Nächten passierte Folgendes: Ich blieb wach auf dem Rücken liegen, spürte deinen Atem und hörte den Wassertropfen, der gegen zwei Uhr morgens erklang und von dem wir nie wussten, wo er hinunterfiel, das zuverlässige Geräusch der Schlaflosigkeit, der Tropfen des Unbewussten. Am meisten störte mich, dass es kein regelmäßiges Tropfen war, nicht vorauszusagen, es sammelte sich in irgendeiner Ecke, sicher war es schon eine Pfütze, Feuchtigkeit, die den Gips, den Zement zerfraß und das Mauerwerk brüchig werden ließ. Ich musste mich in den Sessel im Wohnzimmer setzen, noch eine Weile im Internet surfen, bis ich dort einschlief, um später vollkommen zerschlagen ins Bett zurückzukehren. Ich denke, du hattest recht: Ich war erledigt. Ich weiß nicht, wer oder was daran schuld war, aber ich genoss diesen Zustand.

»Ich lag eine Zeit lang am Boden, den Wahnsinn liebte ich

sehr ...«, so ging ein Lied, das ich an diesem Abend betrunken sang.

Ich habe mich selbst kaputtgemacht, nehme ich an.
Mein innerer Monolog, meine Gegenrede. Wenn ich weder
schreibe noch arbeite, schwillt die Wörtermenge in meinem Kopf an und überflutet mich. Zweifel überwucher-
ten mich wie Kletterpflanzen. Ich fragte mich, mit wem
du dich trafst. Du kamst spät, schick zurechtgemacht und
müde nach langen Konferenzen und Empfängen der Stiftung ... Und diese subtilen Unterschiede: Früher hast du
dich nur sehr selten rasiert, jetzt fühlte ich jedes Mal deine
glatten Beine, wenn ich dich im Bett berührte. Mein Kopf
füllte sich mit Fragen. Hast du dein Äußeres für jemand
anderen gepflegt? Und wo traft ihr euch, Cata? In Stun-
denhotels? Das war nie dein Ding gewesen, aber vielleicht
turnte es dich genau deshalb an. Ich fragte mich, wer es
sein mochte, ich hatte keine Ahnung, vielleicht ein Mit-
glied des Verwaltungsrats. Dein Venushügel, sonst immer
buschig im Stil der Sechziger, war plötzlich beschnitten,
kleiner, ein wenig spitzer. Für den Bikini, sagtest du zu
mir, und richtig, es war Dezember, und ein Sommer voller
Einladungen in Gärten mit Swimmingpools stand bevor.
Du bist zum Gynäkologen gegangen und hast die Pilz-
infektion behandeln lassen, deretwegen dir ein starker Geruch anhaftete, und ich musste das Medikament ebenfalls
nehmen, für den Fall, dass ich auch erkrankt war. Ließen
wir uns beide für deinen Liebhaber behandeln? Du kamst
immer öfter spät nach Hause, nach einem Essen, um ein
oder zwei Uhr nachts, und vom Bett aus hörte ich, wie

du das Wasser lange aus dem Hahn laufen ließt, intensives Einseifen, Abschminken, Bidet, Zahnbürste. Ich bin fast sicher, dass du wieder zu rauchen anfingst. Mit wem? Ich sah dich vor mir, auf der Terrasse einer Bar mit einem Glas Champagner und einer Zigarette in der Hand, deine Art zu rauchen, dein Lächeln. Das hast du bei deinem Zwischenstopp im Bad fortgewischt. Einmal hast du sogar geduscht, bevor du ins Bett gekommen bist. Eines Nachts bemerkte ich ein aufdringliches Eau de Cologne an dir, aber ich bin sehr eigen mit Gerüchen, hypersensibel, und es könnte auch von einem Abschiedsküsschen beim Essen mit den Kollegen gestammt haben. Wo war dein Herz zwischen all diesen Kardiologen? Du wurdest immer verschlossener, du hast dich in dir selbst versteckt, und du hast meine Sachen durchsucht, um etwas zu finden. Wenn die Eifersucht mir den Verstand vernebelte, hatte ich Lust, dir einen Leitfaden für Geliebte zu mailen: Du musst nicht nur rasiert und umsichtig sein, du musst ein sauberes Ersatzhöschen in der Handtasche haben, jedes Mal vor und nach dem Sex das Bidet benutzen, deine Leidenschaft kontrollieren, das Treffen verschieben, wenn du deine Periode hast, seine Nummer im Handy blockieren. Geliebte menstruieren nicht. Sie rufen den Geliebten auch nicht an, machen keine Geschenke, sie beißen nicht im Bett, benutzen weder Rouge noch Parfum. Sie hinterlassen keine Spuren auf dem Körper. Sie entfachen nur das Feuer der Leidenschaft. Sie aktivieren das zentrale Nervensystem, entzünden es von innen.

Was für Fantastereien. Ich hatte keine Ahnung und

führte mich auf, als sei ich der Überlegene, der alte Hase. Glücklicherweise habe ich dir diese Mail nie geschrieben. Ich grübelte über meine Zweifel, meine Unsicherheit nach. So sah mein Verhalten als Arbeitsloser aus, die Ohnmacht des jagenden Männchens, des Typs, der seine Familie nicht versorgt, der dich bittet, ihm Geld zu überweisen, der seinen Bruder beim Grillen hinter vorgehaltener Hand nach zehntausend Pesos fragt, und diese Excel-Tabellen, die du so gern anlegtest, meine Zahlen in Rot, meine wachsenden Schulden. Das alles war nicht besonders erotisch, das gebe ich zu. Und es stimmt auch, dass Mr. Lucas schon etwas älter, weniger attraktiv war. Zumindest habe ich mich so gefühlt. Das Rückgrat schief, großer Auftritt als der Hagere mit Bauch, ein paar graue Kopf- und Schamhaare, der Schwanz, der sich praktisch über Nacht krümmte und leicht nach rechts bog, als ob mein Kompass verrücktspielte und statt nach Norden ein wenig nach Osten, in Richtung Uruguay zeigte. Das war es wohl vor allem, was mit mir los war, ich war mit den Gedanken woanders. Manchmal, wenn du nach Hause kamst, beobachtete ich vom Balkon aus den Sonnenuntergang. Wie ein Gefangener klammerte ich mich an das Gitter, das wir angebracht hatten, als Maiko zu laufen anfing.

Die Vibrationen der Fähre hatten mich eingeschläfert. Jetzt öffnete ich die Augen: Die Sonne war über dem Fluss aufgegangen. Wir waren schon in der Nähe von Colonia. Mein Handy hatte wieder Empfang, und ich bekam eine Mail von Guerra:

»Okay. Um zwei. Am selben Ort wie letztes Mal.«

Ich sagte ihren Namen, nur zu mir selbst, in Richtung des Fensters, mit Blick auf das Wasser, das wie flüssiges Silber glitzerte:

»Magalí Guerra Zabala.«

Zweimal wiederholte ich ihn.

2 Per Lautsprecher erklang die Durchsage, dass wir bald ankommen würden und dass die mit Auto reisenden Passagiere gebeten wurden, »sich ins untere Deck zu ihren bis auf Weiteres nicht zu startenden Fahrzeugen zu begeben«. Umständliches, unverständliches Gerundivum. Ich stellte mich in die Nähe der Tür, um als einer der Ersten hinauszukommen und im Bus einen guten Sitzplatz zu ergattern. Sofort sammelte sich eine Menschenmenge. Augenblicke wie Vieh auf dem Schlachthof. Alle starrten auf die geschlossene Tür. Gleich würden wir losbrüllen. Da wurde die Tür geöffnet.

Jetzt bin ich schon in Uruguay, dachte ich, während ich diesen blechernen Gang mit den Plastikfensterchen entlanglief. Ich passierte den Zoll und ging nach draußen zu den Omnibussen. Der Typ, der vor mir ging, blieb stehen, um zu rauchen, sodass ich als Erster ankam. Zumindest glaubte ich das. Als ich einstieg, war der Bus bereits voll. Vielleicht waren es Passagiere einer anderen Fähre.

»Nach Montevideo?«

»Ja«, antwortete der Fahrer.

»Soll ich auf den nächsten warten?«, fragte ich, in der Hoffnung, ich könnte in einen leeren Bus einsteigen.

»Nein. Hinten ist noch was frei.«

Resigniert kletterte ich die Stufen hinauf. Die Gesichter. Ich sah keinen einzigen freien Sitz. Hinten entdeckte ich einen, genau dort, wo es mir gefiel: auf der rechten Seite am Fenster. Ich sprach den Mann an, der auf dem Gangplatz saß. Er stand auf und ließ mich vorbei. Als ich mich hinsetzte, wurde mir klar, warum der Platz noch frei gewesen war: Es war der Sitz, bei dem das Hinterrad des Busses einen Großteil des Fußraums einnahm. Die Reise würde unbequem werden, aber ich hatte den Ausblick, der mir gefiel, denn auch wenn man es noch nicht sehen konnte, merkte man der Landschaft auf dieser Seite bereits die Nähe zum Meer an.

Der Bus fuhr los, hinaus aus dem Hafen auf eine mit Palmen gesäumte Fernstraße. Was nur gefiel mir so sehr an diesen riesigen Palmen, die in einer endlosen Reihe an mir vorüberzogen, unerschöpflich, immer weiter, wie ein Tor zu einer anderen Welt, ein Durchgang zu den Tropen, eine Spur Afrika? Welche Kombination verschiedener Umstände löste diesen Glücksanfall aus? Das weißere Licht, der schlingernde Bus, die Reise über Wasser und Land, die einladende, abwechslungsreiche Hügellandschaft, fernab der verdammten metaphysischen Pampa, der Morgen, ein grasendes Pferd, dieses »Nicht sein«, dem man sich beim Reisen überlässt, die Wolken …

Oben auf dem Fenster stand der Schriftzug »Notausgang«, nur dieses eine Wort vor dem Hintergrund des Himmels. Es schien eine Metapher für etwas zu sein. Die Möglichkeit, sich ins himmlische Nichts zu flüchten.

Streng genommen war es nicht das Meer, das sich hinter diesen hügeligen Feldern erahnen ließ, es war immer noch der Fluss, das Ende der Mündung, das zum Meer wurde, aber ich konnte es spüren, wie ein kurz bevorstehendes Ereignis, ein Widerschein in meinem Kopf, wo auch Guerra war, in diesem anderen Schein zwischen den Dünen in dem Sommer, als ich sie in Rocha kennenlernte. Diese ganze Erinnerung hatte sich auf dieser Seite des Horizonts ereignet, und jetzt kam ich ihr immer näher.

Kennengelernt habe ich sie auf einem Literaturfestival in Valizas, zu dem man mich eingeladen hatte. Es dauerte von Donnerstag bis Montag, am letzten Wochenende im Januar. Du bist mit Maiko bei deiner Schwester geblieben, in ihrem Haus auf dem Land. Die Reise war kurzweilig, denn es waren noch andere Schriftsteller dabei. Der ganze Ort war ziemlich hippiemäßig, Zimmer mit Etagenbetten und Gemeinschaftsbädern. Die Lesungen und Gesprächsrunden boten eine willkommene Ausrede, um Leute kennenzulernen, in den Dünen zu wandern, zu kiffen, sich andere Meinungen anzuhören, unsinnige Theorien, um zu lachen, im Meer zu baden und den neuesten Klatsch aus der literarischen Welt mitzubekommen. Die Lesungen waren gut, aber ich interessierte mich mehr für das Drumherum. Zum Beispiel dafür, Gustavo Espinosa kennenzulernen, Mate mit ihm zu trinken, über *Las arañas de Marte* zu sprechen ... Wir schlenderten umher. Der Ort war voller Kinder reicher Leute, die für einen Monat Bettler spielten. Blonde Gammler, Rastafaris, die Privatuniversitäten besuchten, Halbtagsmusiker, Künstler auf

Zeit, Vollzeitjongleure. Der Ort hatte Charme, man konnte zwischen Gitarrenklängen umherstreifen, zu denen Volkslieder wie *A redoblar, muchachos, la esperanza* oder *You are so fucking special* von Radiohead gesungen wurden. Es gab Mate- und Cannabis-Runden, Percussion-Gruppen. Einige machten auch alles gleichzeitig. Viele Fusselbärte, Seitenscheitel, salzverkrustete Haare nach Wochen ohne Shampoo, Mädchen mit primitiven Frisuren, ebensolchem Auftreten und großen grünen Augen, auffallend, mit einer Mischung aus Gymnastikanzügen und Ethnomode am Leib, Stil Bali oder Bombay, mit buddhistischen Anklängen, übertriebenen Afrikanismen, zwischen den Dünen verstreute Zelte, Lagerplätze, der Gipfel des Homeless-Chic. Dank des Marihuanas fühlte ich mich gleich zugehörig. Ein Mann in den Vierzigern, der sich zwischen Zwanzigjährigen herumtrieb.

Ich war nicht der einzige alte Sack, der da nicht hinpasste, auch Norberto Vega und der Chino Luján waren da. Mit den beiden trieb ich mich herum. Vega war bestürzt über die hygienischen Zustände. Als ich zu den Gemeinschaftsbädern ging, warnte er mich: Geh dort bloß nicht duschen, Luquitas, diese Hippies haben Pilze, mindestens so groß wie das Haus der Schlümpfe! Ich duschte trotzdem. Und der Chino setzte ein Lächeln auf, das man schon lange nicht mehr an ihm gesehen hatte, selten so dauerhaft, im Stand der Gnade. Grund dafür waren die Drogen, zweifellos, aber auch die Welt, in der sie konsumiert wurden, ohne Verpflichtungen, man musste zu keiner wie auch immer gearteten Verantwortung zurückkehren, zu keiner Familie, keiner Arbeit, keinen festen Zeiten, keiner Stadt, keinem Auto, keinen Unfallgefahren; weißer Sand, wohin man blickte, Hitze, pures, hedonistisches Strandleben. Plötzlich konnten wir es nicht länger aushalten und gingen ein paar Stunden in den Etagenbetten schlafen, am helllichten Tag, um der brüllenden Sonne zu entfliehen.

Ich musste im Meer baden, um munter zu werden und vor der Gesprächsrunde einen freien Kopf zu bekommen. Das kalte Salzwasser weckte meine Lebensgeister. Meine ersten Beiträge am Mikrofon waren, glaube ich, höflich, sie kamen automatisch, danach kam ich ins Erzählen. Vega fiel fast vom Stuhl, gähnte wie der Löwe im Zoo. Während die anderen sprachen, sah der Chino aus, als wäre er besessen und würde ferngesteuert oder als hätte man ihm gerade per SMS mitgeteilt, dass er adoptiert sei. Ich glaube, wir haben unsere Sache trotzdem gut gemacht, würdevoll, leicht polemisch und manchmal auch etwas komisch. Die Veranstaltung fand in einem großen Pavillon mit einem Tisch, einer Audioanlage, Stühlen für das Publikum und einigen Messeständen unabhängiger Verlage statt.

Es herrschte eine vertraute Atmosphäre, und es war voll, von draußen steckten einige Leute die Köpfe zum Fenster herein. Es wurde über Realismus gesprochen, über Wahrscheinlichkeit, die neuen Technologien, über die Neunzigerjahre, die Zeit nach der Diktatur … Wir lateinamerikanischen Intellektuellen zogen eine Show ab und sprachen in einem Badeort zu uns selbst. Die Leute sahen uns zu, ich weiß nicht, wie viel verstanden wurde, ich glaube, sie wünschten sich eine Lesung, etwas mehr Unterhaltung und weniger Theorie, dennoch klatschten sie begeistert Beifall. Anschließend gab es ein Fest, und dort tauchte Guerra auf.

Der Bus fuhr nun zwischen gelben, fast phosphoreszierenden Feldern, mitten durch die Blüten einer Saat hindurch, deren Namen ich nicht kenne. Die langen Palmenreihen hatten wir hinter uns gelassen, und ringsum tauchten einige Bauernhöfe und Eukalyptuswälder auf. Hier und da sah man kleine Häuser mit gepflegten Parkanlagen nahe der Straße. In einem Park standen eine Pferdestatue, Schwanenskulpturen und alte Kutschen, in einer anderen Anlage die Karosserien von Pick-ups aus den Fünfzigerjahren. Das ist die kubanische Seite, die im Inneren von Uruguay zum Vorschein kommt, die alten Chevrolets oder ausgeschlachteten Lanchester, von denen einige noch fahren, während andere irgendwo als Hühnerstall herumstehen, bis sie von einem fanatischen Restaurator entdeckt werden.

Ich hatte das Bedürfnis, mir im Gang die Beine zu vertreten, aber dafür hätte ich meinen Sitznachbarn aufscheuchen müssen, und so zog ich es vor, noch eine Weile zu warten. Ungefähr in der Mitte des Busses, schräg gegenüber von mir, nahm ein Mann einen Anruf entgegen und fing sofort an, ins Telefon zu brüllen. Er sprach mit seiner Sekretärin, koordinierte Termine, ein Arzt, wie es schien. Er zwang sämtlichen schlafenden und tagträumenden Passagieren seine laute Stimme auf, seine Terminprobleme, sein schlechtes Benehmen dieser Frau gegenüber, die nur versuchte, seine verworrenen Verpflichtungen aufeinander abzustimmen. »Die Medical Group kann auf Oktober verschoben werden! In Gottes Namen, Isabel, leg mir nicht alle Termine in dieselbe Woche, denk mal ein bisschen nach!« Ich konnte Ärzte noch nie gut leiden, schlaksige Erscheinungen in weißen Kitteln, ewige Schuljungen, die an Gigantismus leiden, die langhaarigen Maulhelden der Klasse, die sich in der Sprechstunde ernst geben, hochtrabende anatomische Begriffe verwenden, alle hypersexualisiert, lüstern, sobald sie die Sprechzimmertür hinter sich geschlossen haben; sie treiben es mit Krankenschwestern in den Hinterzimmern der Notdienste, Zutritt nur für Personal, Geschlechtsverkehr auf der Krankenbahre, Hemmungslosigkeit in den hintersten Ecken, zwischen Sauerstoffflaschen und Rollwagen mit chirurgischem Material, Erektionen unter Arztkitteln, Medikusse mit Priapismus, große gelehrte, ehrwürdige Schwänze, hippokratische Phallen inmitten von Muschis, die wie rosa Schmetterlinge umherflattern, weiße Satyrn, leicht ergraute Haare, die ihre Patientinnen zum Seufzen bringen, mal sehen, atmen Sie tief durch, noch einmal, gut so, ziehen Sie Ihre Bluse hoch, atmen Sie noch einmal, sehr gut … Hurensöhne, eilige Misshandler, Schlächter im Auftrag der Krankenversicherungen, die Provisionen für unnötige Kaiserschnitte eintreiben, nach einer Ferienwoche in Punta del Este, Serientäter, Diebe, die Zeit und Gesundheit stehlen, hoffentlich landet ihr für immer in der Hölle eines Warteraums mit schlecht geklebten Zeitschriften, Schmarotzer, an ihre griechische Säule gelehnt, du wirst dir den pruriginösen Bereich eincremen, du Sohn eines Lastwagens voller Huren!, der pruriginöse Bereich!, warum sagst du nicht »da, wo es juckt«, bei der Muschi deiner Schwester, ehrwürdige, hochtrabende Kacke ...

Luquitas, du wolltest auch mal Arzt werden und bist ins Abseits geraten – flüsterte mir die gegnerische Tribüne zu, der griechische Chor, der mich überallhin begleitet – du hast das Studium im ersten Jahr an den Nagel gehängt, erinnerst du dich? Ja, und? Was hat das damit zu tun? Und jetzt schläft ein Arzt mit deiner Frau. Welch Ironie. Der große Drehbuchschreiber hat es wieder getan. Was für ein Bombentor hast du kassiert, Alter. In die Ecke. Du bist wie der Torwart, der den Ball nach dem Absprung ins Netz prallen hört. Es schmerzt fürchterlich, aber es wird vorbeigehen. Ich werde dir eine Creme verschreiben, die kannst du im Pimmelstoßbereich auftragen, in der endorammelitischen Zone, gegen den Adulter-Juckreiz, die ist ausgezeichnet, sie reduziert das Schädel-Hörner-Wachstum, heilt die chronische Bockitis, löst den Hahnrei-Knoten ... Du wirst sehen. Das wird wieder gut. Bitte atme tief durch, lass die Hose herunter ... Da haben wir's. Siehst du, es hat gar nicht wehgetan, oder?

Gerade heute Morgen habe ich mir im Bad deine Ohrringe angesehen, lange, silberne, teure Ohrringe, dort hingeworfen, sobald du nach Hause gekommen warst und dich abgeschminkt hattest, die Maske, die ich nicht gesehen hatte, und ich musste an diese karibische Redewendung denken: Sie schaukelt die Ohrringe mit jedem Beliebigen. Und wer hat deine zum Schaukeln gebracht, Catalina? Deine Ohrringe von Ricciardi, die im sexuellen Galopp hin und her schwangen, deine Ohrhänger von der Avenida Quintana, die im Schüttelrhythmus des Betrugs klimperten und wie die Glasgehänge eines Kristallleuchters während eines Erdbebens klirrten. Die Entwicklungsdirektorin der Stiftung Cardio Life stößt ihr Becken gegen das Glied eines Verwaltungsratsmitglieds derselben Stiftung. Irgendein eingebildeter Arzt mit schickem Wagen, ein braver Katholik aus einem abgeschotteten Wohnviertel, ehemaliger Rugbyspieler, jetzt Kardiologe, breiter Hals und ein Taufbildchen von jedem Kind in der Brieftasche, Praxis im englischen Stil, grüne Lampe mit Bronzepferdverzierung, Holzvertäfelung, Dämmerlicht im Wartezimmer, Stiche mit Fuchsjagdszenen, ein Pferd beim Zaunsprung, die kläffende Meute, die bordeauxfarbene Tapete, die ältere, von der Ehefrau gutgeheißene Sekretärin, die versucht, seine unerwarteten Verpflichtungen zu koordinieren.

Endlich war der Typ still.

Ich gebe zu, ich war nervös, kurz vorm Durchdrehen, unruhig, im Vorhinein beschämt. Inzwischen war hinter den Feldern der blaue Horizont zu sehen. Gleich würden wir eine Brücke passieren, die sich über den Fluss Santa Lucía spannte. Das Meer! Die Landschaft öffnete sich, einige Steilhänge, die Erde endete für einen Moment, und das Wasser kam in Sicht, das Ufer des Atlantiks, sie war schon auf meinen Fingerspitzen, in der Luft vor meinem Gesicht, ihr stolzes Gesicht, ihr herausfordernder Blick, die leicht zusammengekniffenen Augen, ernsthaft und dann mit einem leichten Lächeln auf den Lippen, verschmitzt, mutig, alles auf einmal, wie sie mich ansah, als ich sie zum ersten Mal in Valizas erblickte und zum Tanzen aufforderte. In dem Pavillon stand eine Jukebox, es wurden Cumbia und Salsa gespielt, und irgendjemand wählte *Sobredosis de amor, sobredosis de pasión* aus; ich tanzte in der Menge, flirtete mit der chilenischen Dichterin, die sich aber mehr Vega als mir zuwandte, und dort an einer Seite stand Guerra, im Gespräch mit einer Freundin, das Bierglas in einer Hand, und ich ergriff die andere und zog sie auf die Tanzfläche, sie wollte mitkommen, sie hatte mich schon gesehen, sagte sie mir später, sie hatte zugehört, als ich gesprochen hatte, sie lächelte, hielt meinem Blick stand, drehte sich und sah mich wieder an, unsere Augen, die nicht voneinander abließen, und sie hatte Kraft, Kraft in den Händen, schlank und erdverbunden, nichts Flatterhaftes, eine umwerfende Tänzerin, wenn ich ihre Hände nahm und sie herumwirbelte oder sie mit einer angetäuschten Drehung in meine Arme schwang, eine Traumfrau, vor der man sich in Acht nehmen musste, im Hier und Jetzt, Pony à la Rolling Stones, feuchtes Haar, Jeans-Minirock, lockeres T-Shirt über dem Bikini-Oberteil (sie hätte es anders genannt), und barfuß. Den ganzen Sommer lang barfuß. So eine schöne Frau, Höllenfeuer flammte in mir auf und schoss sofort in die weit verästelten Blutbahnen. Wie heißt du? Magalí. Ich bin Lucas. Wir gingen noch mehr Bier holen. Auf einer Seite gab es einen Kiosk. Ich weiß nicht mehr genau, worüber wir gesprochen haben. Aber ich weiß noch, dass ich mich vor ihrem fragenden Blick, vielen Fragen, echter Neugier, wie eine Kobra in ganzer Höhe aufrichtete. Ich brachte sie zum Lachen. Sie redete mit mir. Wir tanzten weiter. Wir tranken weiter. Sie hatte nichts von mir gelesen und kannte auch meinen Namen nicht. Sie war mit einer Freundin gekommen, die einen Poesieverlag hatte. Sie erzählte mir, dass sie mit Sozialwissenschaften angefangen, das Studium aber geschmissen habe und nun für eine Nachrichtensendung in Montevideo arbeite. Sie war für zwei Wochen in Valizas, mit ein paar Freunden, sagte sie und ging nicht weiter auf das Thema ein. Für das nächste Bier mussten wir weiter laufen, die Straße hinunter bis zu einem kleinen Laden, ein ganzes Stück im Dunkeln, und bereits auf dem Hinweg nahm ich sie an der Hand, und sie legte ihren Arm um meine Taille, ich küsste sie, wir küssten uns. Lange. Ich war tot gewesen und endlich zu neuem Leben erwacht. Ich war blind gewesen und konnte endlich wieder sehen. Ich war betäubt gewesen, und meine fünf Sinne arbeiteten auf Hochtouren. Ich muss vorsichtig sein, flüsterte sie mir ins Ohr. Warum? Hast du einen Freund? So in etwa, murmelte sie. Ich bin verheiratet, ich habe ein Kind. Ich weiß, du hast deinen Sohn in der Gesprächsrunde erwähnt.

Ich lieh ihr meinen Pullover, denn ihr war kalt. Ich erzählte ihr, wo ich tagsüber am Strand gewesen war, an einem Flussufer, und dass ich auf der anderen Seite eine lange Menschenschlange gesehen hatte, die die Düne hinauflief. Die waren auf dem Weg nach Cabo Polonio, sagte sie. Kann man von hier nach Cabo Polonio laufen? Ja, das sind nur ein paar Stunden Fußmarsch. Machen wir das morgen?, forderte ich sie heraus. Sie zögerte, ihr Kopf berechnete unberechenbare Dinge, ihr Gesichtsausdruck wurde ernst, sie sagte: Okay, morgen zeige ich dir den Weg. Wir müssen früh aufbrechen.

Wir kehrten zum Fest zurück, und die Freundin kam auf uns zu, nahm sie an der Hand und zog sie mit sich, sie musste ihr bei den Bücherkisten helfen. Eine diskrete Verabschiedung, Kuss auf die Wange, kein Wort über die Verabredung am nächsten Tag. Es wurde noch immer Musik gespielt, aber kaum jemand tanzte mehr. Ich blieb dort allein mit einem Glas in der Hand stehen, versuchte, den Schock zu verarbeiten, und dachte daran, dass sie kein Handy hatte und ich sie nicht kontaktieren konnte. Einer der Organisatoren des Festivals entdeckte mich und rief mir, beinahe gegen die Musik anschreiend, zu: Die Gesprächsrunde morgen früh um elf fällt aus, du bist befreit. Wenn zwei Menschen sich anziehend finden, eröffnet ihnen eine seltsame Telekinese einen Weg und beseitigt sämtliche Hindernisse. So kitschig ist das. Die Berge weichen zur Seite. Es war drei Uhr früh, und ich ging betrunken von all den Erlebnissen schlafen, ohne das leiseste Schuldgefühl.

Die ländliche Leere der Strecke hatte sich allmählich gefüllt. Schuppen tauchten auf, in denen Baustoffe verkauft wurden, eine Fabrik, eine niedrige Häuserreihe, Schulen. Ich begann, einem Gespräch zu lauschen, das auf den Sitzplätzen direkt hinter mir geführt wurde. Eine Frau beantwortete eine Frage, die ich nicht mitbekommen hatte, die ich aber erahnte: Der Mann wollte den Grund ihrer Reise nach Montevideo erfahren. Ihre Mutter war nach langer Krankheit gestorben. Das ist immer sehr schmerzlich, sagte er, der Tod eines Familienangehörigen, und fügte hinzu, dass jeder Mensch auf seine eigene Art traure. Wenn man religiös sei, komme man besser damit zurecht. Sicherlich, antwortete die Frau, man habe die Hoffnung, den Verstorbenen eines Tages wiederzusehen.

Ich war gefesselt von diesem Dialog, der, wie so viele zufällige Unterhaltungen von Fremden, sogleich eine metaphysische Richtung nahm. Das Jenseits, die Wiederbegegnung mit geliebten Menschen, die Auferstehung, die Unsterblichkeit der Seele, das Mysterium. Und welcher Religion gehören Sie an?, fragte der Mann. Ich bin Zeugin Jehovas, antwortete sie. Aha, sagte er, ich bin von der evangelischen Kirche, ich bin Pfarrer. Auf einmal schwand die Empathie der beiden füreinander, ihre Stimmen klangen zweifelnd, angespannt. Er griff vorsichtig ihr Dogma an, forderte ihre Meinung zum Heiligen Geist und den Wundern heraus und zitierte die Apostelgeschichte 13 aus dem Gedächtnis. Jetzt konnte ich nicht mehr so tun, als würde ich nichts mitbekommen. Ich wollte sehen, wohin die sanfte Konfrontation führte, ihre verschiedenen Meinungen über die Apokalypse, ihr Kampf abtrünniger Apostel. Die Frau verteidigte sich nicht schlecht. Der Pfarrer benutzte stets den Plural, wenn er die Frau ansprach. Sie haben eine Haltung den Wundern gegenüber, die … na ja … Wunder gibt es nun mal. In meiner Kirche sind viele Menschen durch das Gebet genesen. Ich habe Menschen gesehen, die vom Plattfuß geheilt wurden. Mein eigener Enkel wurde durch das Beten vom Plattfuß geheilt. Und eine Frau hatte wieder zwei gleich lange Beine, vorher war eines kürzer gewesen.

Das Gespräch faszinierte mich, die Vorstellung, dass sich die Beine einer Frau einander angleichen. Vielleicht tun sie es verkehrt herum, das lange Bein wird so kurz wie das kürzere, die Frau ist kleiner als zuvor und geht sich beim Pfarrer beschweren, weil sie fast zehn Zentimeter an Körpergröße eingebüßt hat und mit dem Wunder nicht einverstanden ist, sie kommt mit ihrer Mutter, mein Mädchen war groß, sie hinkte, ja, aber sie war groß, jetzt ist sie untersetzt, und der Fall endet vor einem brasilianischen Gericht der Universalkirche des Königreichs Gottes.

Dann begann der Pfarrer, von Vergebung zu sprechen. Ich verspürte den Wunsch, den beiden ins Gesicht zu sehen. Aber ich hatte nicht den Mut, mich umzudrehen. Er erzählte, dass eine ältere Dame mit steifen Beinen zu einer Trauung in seiner Kirche gekommen sei. Die Hochzeitstorte sei dreistöckig gewesen, sagte er, diese Leute hätten keine Kosten und Mühen gescheut. Die Frau mit den steifen Beinen wollte mit ihm allein sprechen, und sie begannen, gemeinsam das Vaterunser zu beten, langsam, und als sie an die Stelle kamen, wo es heißt: »Und vergib uns unsere Schuld, wie auch wir vergeben unsern Schuldigern«, wiederholte er diese Zeilen zwei Mal, woraufhin die Frau in Tränen ausbrach und sagte, sie könne ihrem Sohn nicht vergeben. Als sie ihm etwas später aber doch vergab, konnte sie die Beine wieder bewegen. Alle Hochzeitsgäste waren zutiefst überrascht. Einige Zeit später kontaktierte der Pfarrer die Familie, die Frau war verstorben, aber auf dieser Hochzeit konnte sie gehen.

Er zählte noch mehr Beispiele von Menschen auf, deren Lebensumstände sich gebessert hatten, sobald sie eine Schuld verziehen: Die Kinder fanden Arbeit, einer der Schwiegersöhne gewann in einer Verlosung einen Neuwagen, alle Schwierigkeiten lösten sich auf. Auch ich selbst, erzählte der Pfarrer, habe meiner Frau lange Zeit nicht vergeben. Sie kam spät nach Hause, sie hatte sehr unregelmäßige Arbeitszeiten, war erst um elf Uhr da. Er war krank vor Eifersucht. Der Teufel ließ ihn das Schlimmste denken. Nach zwei Stunden, in denen er sich diesen Gedanken ausgesetzt sah, drohte er verrückt zu werden. Er betete, und es ging vorbei. Er nannte den Teufel den »Feind«. Letztlich vergab er seiner Frau, ohne zu wissen, ob sie ihn betrog oder nicht, aber er vergab ihr, und er befreite sich von der Eifersucht. Früher hatte er sie angeschrien, wenn sie nach Hause kam: »Mach das Essen.« Jetzt wartete er mit dem fertigen Abendessen auf sie, und mit einer Tafel weißer Schokolade, denn die liebte sie. Die beiden waren seit fünfunddreißig Jahren zusammen.

Wer hat das ausgeheckt?, dachte ich. Wer setzt mich vor diese zwei Bekloppten, die Dinge sagen, die mich mitten ins Herz treffen? Schenken wir nur jenen Dingen Aufmerksamkeit, die uns selbst angehen, um dann aus dem unendlichen alltäglichen Chaos genau das herauszufiltern, was uns betrifft? Oder passierten hier andere merkwürdige Dinge? Musste ich dir vergeben, Catalina? Würde mich das befreien und meine Probleme lösen? Ich hatte mich über den evangelischen Pfarrer und die Zeugin Jehovas lustig gemacht, und plötzlich erteilten sie mir eine Lektion, ohne es zu wissen, ohne mich wahrgenommen zu haben. Ich war ernst geworden und schaute nach draußen, wo die Außenbezirke von Montevideo vorbeizogen. Baracken, hin und wieder eine Müllhalde, die Gelegenheit, ein paar Pesos zu verdienen, Handkarren, Menschen, die sich vor ihren Häusern unterhielten, und weit in der Ferne die Berge.

Oder musste ich mir selbst vergeben? Aber wofür sollte ich mir vergeben, wenn ich doch nichts getan hatte. Es stimmt, ich bin mit Guerra nach Cabo Polonio gewandert, aber ich bin nicht sicher, ob das, was dort passierte, als Untreue gilt. Vielleicht ja, ich weiß nicht. Am Morgen nach dem Fest trafen wir uns wie verabredet um halb zehn in dem Lebensmittelgeschäft. Ich sah sie auf mich zukommen, Pareo, hellblauer Bikini, Turnschuhe. Ich dachte, du würdest nicht kommen, sagte sie zu mir. Ich sagte ihr nicht, dass ich das Gleiche von ihr angenommen hatte. Bei Tage war sie noch hübscher. War sie nicht etwas zu schön für mich? Mir kam der Gedanke, dass ich den Bauch einziehen und auf meinen zweifelhaften Ruf als argentinischer Schriftsteller vertrauen musste, um eine Chance zu haben. Es konnte auch schiefgehen.

Wir gaben uns keinen Begrüßungskuss. Wir liefen nebeneinanderher und machten einen Bogen um Menschengruppen, die an heruntergebrannten Lagerfeuern schliefen. Sie trug eine teure Sonnenbrille. Es gelang mir nicht, sie einzuordnen. War sie eine verlotterte höhere Tochter oder doch eine Proletin? Gab sie sich nur ordinär, oder war sie es wirklich? Mit den feinen Unterschieden der Soziolekte in Montevideo kannte ich mich nicht aus. Wir wanderten, lange Zeit, ohne etwas zu sagen, lächelten uns nur ab und zu an. Ich wollte sie nicht zu einem Kuss drängen. Mir gefiel diese Art Neuanfang, nüchtern und bei Tageslicht. Wir erreichten den Fluss. Man konnte hinüberschwimmen oder für ein paar Pesos mit einem kleinen Boot übersetzen. Da wir uns bereits ins Abenteuer gestürzt hatten, beschlossen wir zu schwimmen. Meinen Rucksack und ihren Beutel verstauten wir in einer Plastiktüte, die wir gut verknoteten. Guerra wies mich darauf hin, dass wir den Fluss ein Stück weiter oben durchqueren würden, denn die Strömung könne uns nach draußen, aufs Meer hinaustreiben.

Es war nicht schwierig, aber die Strömung war in der Tat stark, wir mussten gegen sie anschwimmen und erreichten die andere Seite fast am Ende der Flussmündung. Keuchend ließen wir uns am Ufer nieder. Ich brauchte etwas länger als sie, um wieder zu Atem zu kommen.

»Du wirst doch hier nicht den Löffel abgeben, oder?«, machte sie sich über mich lustig.

»Sieht ganz danach aus«, sagte ich und warf mich auf sie.

Wir beide klatschnass, wie in einer romantischen Komödie. Doch als ich sie küssen wollte, flüsterte sie mir ins Ohr: »Lass uns weitergehen.«

Zwei oder drei Sätze von Guerra hallten noch monatelang in mir nach und überdauerten den Winter, ohne zu verklingen. Dies war einer davon. Lass uns weitergehen.

Wenn man schreibt, ist es schwierig, den Leser davon zu überzeugen, dass eine Person attraktiv ist. Man kann sagen, dass eine Frau schön ist, ein Mann gut aussehend, aber was ist der zündende Funke, der Blick des Erzählers oder vielleicht die Besessenheit? Wie kann man mit Worten die genaue Verbindung der einzelnen Züge eines Gesichts beschreiben, die diesen anhaltenden Wahn hervorrufen? Wie die Haltung? Den Blick? Ich kann nur sagen, dass Guerra eine uruguayische Nase hatte. Besser kann ich es nicht erklären. Diese Nase der Banda Oriental, hoch getragen, mit einer leichten Krümmung, ein hoher Nasensattel, wie das R in ihrem Namen, die Herausforderung der ETA in ihrer baskischen Abstammung, in ihrer Nase. Kein Grad mehr oder weniger in diesem Winkel, der das mathematische Geheimnis ihrer Schönheit enthielt. Und die grünen Augen und ihr Mund, der zum Küssen einlädt. Ja, alles zusammengenommen war sexy, aber ohne die Erhabenheit ihres kriegerischen Zinkens wäre Guerra nicht Guerra gewesen.

Wir stiegen auf eine Düne, die erste von vielen, und beim Hinunterwandern versanken wir bis zu den Waden im Sand. Das sollte jetzt zwei Stunden so weitergehen?, dachte ich, sagte aber nichts. Ich war nicht sicher, ob ich den Weg schaffen würde. Wieder eine Düne, und auf dem Gipfel erblickten wir das glitzernde Meer, ein Glanz wie eine Atomexplosion. Jetzt küsste ich sie. Ich umfasste ihre Taille und zog sie fest an mich. Ein Zungenkuss, ein Kuss wie eine Falle, perfekte Intimität, als ob die große Himmelskuppel sich uns näherte, bis sie zu einem Kegel der

Stille wurde. Die Lust und die Hitze. Meine Hand behut-
sam auf ihren Hüften, ihrem flachen Bauch, der gebräun-
ten Haut und am Rand ihres Bikini-Tangas, meine Hand
auf Komantschengebiet, etwas weiter, sie war epiliert, und
plötzlich berührte ich mit der Fingerkuppe etwas Nicht-
menschliches. Metall. Ein winziger außerirdischer Punkt.
Ein Ringlein. Ich blickte ihr in die Augen, meine Über-
raschung amüsierte sie. Guerra hatte ein Piercing in der
Klitoris. Dann verlor sich mein Finger in ihrer feuchten
und warmen Muschi, ihre göttliche, für mich feucht ge-
wordene Muschi, ihr sexuelles Wasser, an das ich eine kör-
perliche Erinnerung behalten habe, die ich, trotz allem,
was dann passierte, jederzeit zurückholen kann und die
augenblicklich eine Sonnenrevolution in sämtlichen Blutbahnen meines Körpers auslöst.

Guerra keuchte und biss mir beinahe in den Mund,
während ich sie streichelte.

»Mistkerl. Ich will, dass du mich vögelst.«

Noch ein Satz, der den eisigen Winter überdauert hatte
und immer weiter brannte.

Plötzlich war ein Schrei zu hören, oder ein Pfiff, es kamen Leute. Wanderer auf dem Weg nach Cabo Polonio.
Sie waren noch weit weg, dennoch unterbrachen sie uns,
und der Himmel öffnete sich wieder und wurde groß wie
ein blaues Auge, dem wir nicht entkommen konnten. Wir
umarmten uns und versuchten, uns zu beruhigen. Wir
mussten lachen, euphorisch. Wir liefen weiter. Ich holte
die Croissants heraus, die ich in der Nähe meiner Herber-
ge gekauft hatte. Sie waren fantastisch. Im Nu hatten wir

sie verschlungen. Die Sonne brannte. Wir banden uns die T-Shirts um den Kopf wie Beduinen in der Wüste. Dann mussten wir ein grünes Tal durchqueren, und jedes Mal, wenn wir eine kurze Pause einlegten und uns umarmten, ausgestreckt im Gras, kamen Leute, liefen in laute Gespräche vertieft an uns vorbei, und wir durften uns nichts anmerken lassen, mussten aufstehen und weitergehen. Ein Exodus, dieser Zug der Wanderer, locker verteilt, aber nicht zu übersehen, lästige Zeugen, Störenfriede der Intimität, die das Paradies mit Füßen traten, lärmende Horden. Ich hasste sie alle, jeden Einzelnen von ihnen, mit ihrer zur Schau gestellten Armut, ihrer einstudierten Darbietung sommerlichen Elends, ihrem Benehmen wie auf einer Uni-Abschlussfahrt, wie Backpacker in Bariloche. Und ich hörte die verschiedensten Akzente, viele von meinen Landsleuten aus Córdoba, Corrientes, Buenos Aires, die dieses Jahr nicht nach Brasilien gefahren waren, weil es teurer war.

Ganz in der Nähe von Cabo Polonio versteckten wir uns zwischen den Felsen. Wir waren kurz vorm Durchdrehen. Die Felsformationen wirkten geradezu prähistorisch. Sie hatten Ecken, Falten, Wölbungen. Genau das brauchten wir.

»Ich habe keine Gummis«, sagte ich hastig.

»Ich schon«, antwortete sie und zog mehrere silberne Tütchen aus ihrem Beutel.

Während Guerra meine Badehose aufschnürte, sah sie mir in die Augen, sie packte mich, zog mich an sich und sagte:

»Hübscher Schwanz!«

Vielleicht ist das etwas simpel, aber ich bin fast sicher, dass es nichts gibt, was ein Mann lieber hört als das. Und es sind ebenso schlichte wie effektive Worte, eine sehr einfache Lüge. Ich zog das Gummi über, und als ich endlich bereit war, zwischen ihre Beine zu gleiten, vernahmen wir die gellende Stimme.

»Entschuldigen Sie bitte, eine Frage: Ist es noch weit zum Cabo Polonio?«

Der Kopf einer Frau ragte hinter einem Felsen hervor. Sie bemerkte nichts. Aus ihrem Blickwinkel konnte sie uns nur von der Hüfte aufwärts sehen. Guerra zog sehr geschickt, ohne abrupte Bewegungen, ein Bein an, das sie auf dem Felsen abgestützt hatte, und schnürte sich den Pareo. Ich zog meine Badehose hoch und machte den Klettverschluss zu. Ich wünschte dieser verirrten Frau den Tod. Wenn ich über übersinnliche Kräfte verfügen würde, hätte ich sie mit spontaner Verbrennung bestraft. Hinter den Felsen schossen mehrere neugierige Kinder hervor.

»Wenn Sie den Weg weitergehen, kommen Sie nach einer Weile zum Leuchtturm«, sagte Guerra.

Wir waren umkreist, Gelächter, Stimmen, Kinder, die von Stein zu Stein hüpften.

Schlecht gelaunt liefen wir weiter, inzwischen fanden wir unsere Situation alles andere als komisch. Je mehr Menschen uns umgaben, desto frustrierter, ernster, komplizenhafter, verzweifelter wurden unsere Mienen. Wir erreichten das Kap, schlenderten zwischen den malerischen Häusern, den Schuppen und Hütten umher, liefen zum

Meer hinunter, um uns abzukühlen, tranken Bier und aßen winzige Fische in einem kleinen Lokal. Wir schwiegen, und allmählich beruhigten wir uns. Wenn's nicht ging, ging's nicht. Wir sprachen über unsere weiteren Pläne: Ich würde am Nachmittag nach Hause zurückfahren, und auch sie musste weg. Die Traurigkeit der neuen, jungen Liebe. Große Emotionen. Daran erinnere ich mich und dass ich sie dort in Polonio zum ersten Mal so genannt habe:

»Guerra, ich krieg dich schon noch.«

Sie hielt meinem Blick stand. Wir redeten. Ich erfuhr noch ein paar Dinge über sie. Sie war achtundzwanzig Jahre alt. Guerra war der Nachname ihres Vaters, bei dem sie zeitweise wohnte, und Zabala der Nachname ihrer Mutter, die vor einigen Jahren gestorben war. Ihr Freund war Roadie in einer in Uruguay bekannten Heavy-Metal-Band, die mir aber nichts sagte. Wenigstens damals nicht. Ich erzählte ihr auch einiges von mir. Sie fragte nach meinen Büchern. Ich versprach, dass ich ihr einen Roman schicken würde, der in Brasilien spiele, aber zuerst müsse ich ihn noch schreiben.

Wir fuhren zusammen in einem Lastwagen durch die Dünen zurück und stiegen dann in einen Bus, der uns nach Valizas brachte. Sie schlief an meiner Schulter ein. Irgendwann pikste mich etwas, ein unangenehmes Gefühl, und mir fiel ein, dass das Kondom noch immer auf der Spitze meines geplagten Glieds saß.

Inzwischen waren wir in der Nähe des Terminals. Meine angezogenen Beine schmerzten, und auch der Rücken tat mir weh. Mein Sitznachbar war eingeschlafen. Der Pfarrer und die Zeugin Jehovas sprachen nicht mehr miteinander. Mein Magen knurrte. Es war zwölf Uhr mittags. Auf dem Boulevard Artigas kamen wir wegen einer Baustelle nur langsam voran, immer wieder musste der Bus auf die Gegenfahrbahn ausweichen. Da einige Fahrgäste bereits in Plaza Cuba ausgestiegen waren, wechselte ich den Platz. Ich stieg über meinen Sitznachbarn hinweg, weckte ihn aber versehentlich auf. Ich entschuldigte mich und setzte mich ein paar Reihen weiter vorn hin.

Mit einem leeren Sitzplatz neben mir fiel es mir leichter, Guerra vor meinem inneren Auge zu sehen, wie sie an meiner Seite in dem Bus nach Valizas saß. Ich erinnere mich, dass sie aufwachte, weil ich Schüttelfrost bekommen hatte, eine Mischung aus Sonnenstich und Fieber. Ich sagte, es würde mir sicher bald wieder besser gehen. Sie meinte, sie müsse etwas früher aussteigen. Sie schrieb mir ihre E-Mail-Adresse auf einen Zettel, und wir verabschiedeten uns.

Sie stieg an einem Campingplatz aus, und ich sah, wie sie von ein paar Leuten begrüßt wurde; ein leicht ergrauter Typ, an seiner Seite ein Hund mit Maulkorb, umarmte sie etwas länger als die anderen. In Valizas angekommen, blieb mir gerade noch genügend Zeit, um meine Sachen zusammenzusuchen und in den Wagen zu steigen, der mich und die anderen Schriftsteller zurückfuhr. Ich wollte nichts von irgendwem wissen, weder Fragen beantworten, wo ich mich herumgetrieben hatte, noch erfahren, was an diesem Tag sonst so passiert war. Der Zufall wollte es, dass ich neben einer Literaturkritikerin saß, an deren Namen ich mich nur ungern erinnere. Ich duckte mich gegen das Fenster, am liebsten hätte ich mich in der abendlichen Landschaft aufgelöst, mich vollkommen dieser Traurigkeit überlassen, Guerra vielleicht lange Zeit nicht wiederzusehen. Plötzlich holte mich die Kritikerin mit einer Frage in die Gegenwart zurück, und zwar mit exakt diesen Worten: Lucas, hattest du Gelegenheit, meinen Artikel über die Achse der Zivilisation und Barbarei in deinem Werk zu lesen? Ich antwortete, so gut ich konnte, und während der folgenden vier Stunden Fahrt nach Montevideo schlief ich oder gab vor zu schlafen.

3 Wir erreichten den Busbahnhof Tres Cruces. Ich beeilte mich nicht mit dem Aussteigen. Ich ließ den anderen Fahrgästen den Vortritt. Die Zeugin Jehovas war eine rundliche Frau mit platinblondem Haar und enger Jeans, ungefähr fünfunddreißig Jahre alt, der Pfarrer, ein großer, grauhaariger Mann mit hellen Augen, der kein Gepäck, nur eine Aktenmappe bei sich trug, musste um die sechzig sein. Die beiden verließen den Bus mit ernster Miene, ohne ein Wort zu wechseln.

Auch ich stieg aus und kaufte mir ein Sandwich. Ich mag Tres Cruces, eine Mischung aus Terminal und Shoppingcenter. Ein Einkaufszentrum über einem Busbahnhof. Ich fuhr die Rolltreppe hinauf. Ich weiß noch, dass ich augenblicklich die Andersartigkeit des Orts spürte. Gleich hier deutete sich diese Abdrift zwischen dem Vertrauten und dem fremd Anmutenden an. Eine erkennbare Ähnlichkeit mit Argentinien, die Menschen, ihre Art zu sprechen, sich zu kleiden, und plötzlich einige Marken, die ich nicht kannte, ein anderes Wort, ein uruguayisches *tú* statt eines argentinischen *vos*, ein Pärchen, er mit der Thermosflasche unter dem Arm und dem Mategefäß in der Hand, ein superhübsches Mädchen mit afrikanischen

Wurzeln, dann noch eines und noch eines, eine brasilianische Vorahnung. Wie im Traum kamen mir die Dinge in Montevideo zugleich ähnlich und anders vor. Das waren sie, aber auch wieder nicht. Ich besaß noch einige uruguayische Pesos von meiner letzten Reise und eine Telefonkarte von Antel. Ich aß das Sandwich und rief Enzo von einer öffentlichen Telefonzelle im Terminal aus an. Es war wie ein Wiedereintauchen in die Vergangenheit. Ich weiß nicht, an welchem seltsamen Arrangement es lag, aber Enzo konnte keine von einem Handy getätigten Anrufe empfangen. Man musste ihn von einem Festnetztelefon auf seinem Festnetztelefon anrufen, und das Seltsamste war, dass er immer ranging. Ich hatte ihm schon mitgeteilt, dass ich nach Montevideo kommen würde, aber er war trotzdem überrascht.

»*El holandés!*«, rief er begeistert durchs Telefon.

So nennt mich Enzo, weil er findet, dass ich wie ein Holländer aussehe, was weiß ich, ich sehe kein bisschen so aus, aber das ist der Spitzname, den er mir gab, als ich an einer Literaturwerkstatt teilnahm, die er in den Neunzigerjahren in Buenos Aires leitete.

»*Holandés*, nicht mehr lange, und ich bin ein einfältiger Rentner! Komm schnell, bald werde ich nicht mal mehr sprechen können.«

Wir verabredeten uns für abends um sechs bei ihm zu Hause. So würden wir uns noch in Ruhe unterhalten können, bevor um neun Uhr mein Schiff zurück nach Buenos Aires ging. Enzo hatte immer ein Buch in der Mache, oder es war gerade eines erschienen, oder er war im Aufbruch zu einer Reise nach Paraná, wo er einen außergewöhnlichen Dichter entdeckt hatte, er überließ sich vollkommen seiner Neugier, heckte Triangulationen zwischen Uruguay, Buenos Aires und Entre Ríos aus, ersann Kulturbeilagen, Vorworte, Präsentationen, Preise, Festivals. Er versuchte, mich dazu zu überreden, eine Literaturzeitschrift ins Leben zu rufen, die »Nr. 2« heißen sollte, weil seiner Meinung nach nicht mehr als zwei Ausgaben erscheinen würden.

Ich wanderte zwischen den Schaltern der verschiedenen Buslinien mit Namen wie *Rutas del Plata, Rutas del Sol* umher und schaute mir die Reiseziele auf den Plakaten an: Castillos, La Pedrera, La Paloma, Valizas und noch andere, weiter entfernte, Porto Alegre, Florianópolis. Wie viele Stunden dauerte die Fahrt bis zu diesen Stränden im heißen Brasilien, dem türkisblauen Meer, den Caipirinhas? Ich trat an den Schalter.

»Guten Morgen …«

»Eher guten Tag, es ist schon nach zwölf«, sagte die Frau mit Blick auf ihre Armbanduhr.

»Guten Tag, ich würde gern wissen, wie lange der Bus bis nach Florianópolis braucht.«

»Der fährt um neun Uhr abends ab und kommt gegen drei Uhr nachmittags an. Ein Reisender?«

»Ja, aber nein … Ich war nur neugierig, mehr nicht. Was kostet die Fahrt?«

»Nur die Hinfahrt?«

»Ja …«

»3500 Pesos.«

»Danke.«

»Gern geschehen.«

Ich verließ den Terminal. An der Ampel blieb ich stehen und wartete auf Grün. Der Werktag mit seinem üblichen geschäftigen Treiben löschte die brasilianische Traumwelt in meinem Inneren allmählich aus. In Kürze würden die Banken öffnen. Ich überquerte einen kleinen Platz mit Restaurants, Handwerksbetrieben und dem Geruch von Marihuana in der Luft und ging eine Seitenstraße bis zur Avenida 18 de Julio hinunter. Meine spärliche Orientierung in Montevideo hing vollkommen von dieser Straße ab. Wenn ich sie immer weiter entlanglief, gelangte ich in die Ciudad Vieja, die Avenida war wie das Rückgrat einer Halbinsel, die zu beiden Seiten von Küste gesäumt wurde. Im Geist verortete ich den Parque Rodós sehr weit links, das Cordón-Viertel da drüben, Enzos Haus mehr nach rechts in Fernández Crespo, die vier Plätze, Treinta y Tres, Cagancha, Entrevero, Independencia, das Zentrum, das Bankenviertel, das Restaurant La Pasiva, die Musikläden, die Fußgängerzone. Viel mehr kannte ich nicht. Das war meine geistige und emotionale Karte, denn sobald ich auf die Avenida 18 de Julio einbog, spürte ich dieses erfundene Montevideo, das sich aus meinen wenigen Erinnerungen und den Videos zusammensetzte, die Guerra mir hin und wieder zukommen ließ. Alle zwei Wochen ungefähr schickte sie etwas per Mail, damit ich mich nicht verirrte, wie die Brotkrumen von Hänsel und Gretel, einen Song, ein Video von *Tiranos temblad*, ein paar wackelige Aufnahmen ihrer Stadt, die irgendjemand mit unruhiger Hand gemacht hatte und die mir ein Gefühl von dem Leben dort gaben. In diesem Moment auf der Avenida, zum Beispiel, hatte ich das Gefühl, hinter jeder Tür könne sich die Bar befinden, in der Fernando Cabrera und Rubén Rada *Te abracé en la noche* singen. Mindestens fünfhundert Mal hatte ich mir das Video auf YouTube angesehen und den Song zu Hause geträllert, und du hattest keine Ahnung, welches Feuer in mir brannte. Die Kamera schwenkt in eine leere Bar, und zwei Kerle singen diesen Song, einer spielt Gitarre, so dezent wie möglich, hin und wieder begleitet ein Saitenanschlag die zwei sich mischenden Stimmen, »ich umarmte dich in der Nacht, eine Umarmung zum Abschied, du gingst aus meinem Leben«. Guerra schickte mir solche Sachen, und ich blieb innerlich zerrissen zurück, gefangen in diesem Gefühl, das sich nicht verflüchtigt. Das war Montevideo für mich. Ich war verliebt in eine Frau und in die Stadt, in der sie lebte. Und das alles hatte ich mir ausgedacht, oder beinahe alles. Eine erfundene Stadt in einem Nachbarland. Meist lief ich dort umher, viel häufiger als in den realen Straßen.

Es war nicht kalt. In den Schaufenstern wurde schon Sommerkleidung gezeigt. Eine neue Welle greller Farben in den Einkaufspassagen, die wie Kleidermärkte aussahen. Ein Laden neben dem anderen. In diesem ersten Abschnitt der Passage war alles gedämpfter und kleiner, als ob es keinen Neoliberalismus gegeben hätte, es gab keinen kapitalistischen Glamour, nur alte Markisen, trostlose Schaufenster, die mich faszinierten. Dort befand sich auch diese unheimliche Konditorei. Ich betrachtete die Gipstorten, die versteinerten Baisers, die aussahen, als wären sie in den Achtzigern bestellt und nie abgeholt worden, unvorstellbar, dass man das wirklich essen konnte, eine Torte in Form eines Fußballfeldes, die aussah, als sei sie aus Stahlbeton gemacht. Würden die Kinder nicht sterben, wenn sie die aßen? An Spachtelmasse und Klebstoff ersticken? Das Marzipan und diese Art formbarer Ton, die Rokokoverzierungen, die Zuckerblumen, die schon gräuliche, einst himmelblaue Glasur, die Perlen, die Farbstoffe ... Alles vermutlich zum menschlichen Verzehr geeignet.

Bald hatte Maiko Geburtstag. Mein Eisenbahnkuchen letztes Jahr war bei seinen Kindergartenfreunden ein Erfolg gewesen. All die Mütter, die mich fragten, wie ich ihn gemacht hatte. Drei lange Kastenformen mit Rührteig, Schokoladenüberzug, Zuckerwerk und Gebäckröllchen. Kein Kunststück. Du bist ein Genie, hatten sie gesagt. Die Kehle schnürte sich mir zu, wenn ich an den diesjährigen Kuchen dachte. Das Geburtstagsfest. Es war nicht mehr lange hin. In einem Spielwarenladen entdeckte ich einen mannshohen Dinosaurier, und mir kam der Gedanke, dass Maiko wissen würde, ob das ein Velociraptor war oder was sonst. Mein Sohn. Dieser betrunkene Zwerg. Denn so war es manchmal mit ihm, als würde man auf einen betrunkenen Zwerg aufpassen, der außer sich gerät, weint, man versteht nicht, was er sagt, man muss ihn festhalten, man muss ihn tragen, weil er nicht laufen will, im Restaurant richtet er Chaos an, wirft mit Gegenständen, schreit, schläft irgendwo ein, man bringt ihn nach Hause, versucht ihn zu baden, er fällt hin, holt sich eine Beule, stößt Möbel um, schläft ein, muss sich um vier Uhr morgens übergeben.

Du weißt, dass ich meinen Sohn über alles liebe. Mehr als irgendjemanden sonst auf der Welt. Aber manchmal macht mich das fertig, nicht er, sondern die ständige Sorge um ihn. Manchmal denke ich, ich hätte in diesem Alter kein Kind mehr bekommen sollen. Das ist ein schrecklicher Gedanke, aber jetzt ist mein Leben von einer Angst erfüllt, die ich früher nicht kannte, Angst, dass mir etwas zustoßen und er Waise werden könnte oder dass ihm etwas zustößt, oder dir. Eine neue Fragilität, eine vorher unbekannte verletzliche Seite. Vielleicht ergeht es jungen Eltern nicht so. Mich versetzt das bisweilen in Panik. Wenn er bis zur Ecke vorläuft und ich ihn nicht einholen kann und ihm hinterherschreie, ohne zu wissen, ob er anhalten wird. Es müsste Kurse in Kindererziehung geben. So viele Geburtsvorbereitungskurse, und wenn man nach der Geburt nach Hause kommt, weiß man nicht einmal, wo man den Säugling hinlegen soll. Wo stützt man ihn, wo in der Wohnung bringt man ihn unter, diesen winzigen Alten, dieses Haiku von Mensch? Niemand bringt einem das bei. Niemand warnt einen, wie schwer es ist, ohne Schlaf auszukommen, auf sich selbst zu verzichten, sich ständig zurückzunehmen. Denn man wird nie wieder acht Stunden am Stück schlafen, das Kinderlied *La Reina Batata* wird der alleinige, in Dauerschleife laufende Soundtrack, und wenn man Sex haben will, muss man einen Monat im Voraus ein Wochenende ohne Kinder planen, ins Kino geht man nur, um mexikanisch sprechende Plüschtiere zu sehen, und man muss vierzehn Mal am Tag die Geschichte vom Nashorn vorlesen, ich versteckte das Buch so gut, dass es unauffindbar war, zwischen nicht aufgehängten Bildern im Wandschrank im Flur, ich hatte die Nase voll. Ich glaube, es ist dort bis zum Umzug liegen geblieben.

Manchmal habe ich auch Angst vor Maiko. Angst vor ihm selbst. Er steckt sich mit jedem Virus an, das im Kindergarten umgeht, isoliert und verstärkt es in seinem brandneuen Immunsystem und gibt es in Windeseile an mich weiter. Seine Grippeerkrankungen lassen mich zusammenbrechen, ich denke dann, dass ich sterben werde, seine Magen-Darm-Katarrhe schicken mich für eine volle Woche auf die Ersatzbank, und als er sich eine leichte Bindehautentzündung zuzog, war ich beinahe zwei Monate lang blind. Ich sehe ihn mit seinen Popeln auf mich zukommen, weinerlich sagt er Papá, mit dieser Rotzblase, die sich in einem seiner Nasenlöcher bildet, ein neunzig Zentimeter großer Streptokokkus. Mein Blut, mein Infektionsherd. Aus Spaß steckt er mir seine Finger in den Mund, benutzt den abgeleckten Löffel, um mit meinem Essen zu spielen, er bringt mich um. Wir waren ein und derselbe Körper, denn das Monster war dreieinig. Die Familie. Drei miteinander verschmolzene Organismen mit demselben Blutkreislauf. Aus diesem Grund gleicht die Angst, es könnte einem von uns dreien etwas passieren, der Amputation einer Gliedmaße.

Inzwischen ist Maiko größer, aber damals gab es Momente, in denen ich beinahe psychotische Zustände bekam, ich vergrub den Kopf in den Händen, wenn er weinte und nichts ihn beruhigen konnte. Und als er uns mit Läusen ansteckte, und die Zeit der subatomaren Windeln, weißt du noch? Den Schließmuskel kontrolliert er immer noch nicht, steht im Bericht des Kindergartens über ihn. Überall Scheiße. Die Arme bis zu den Ellbogen verdreckt, wenn man ihn wäscht. Die Phase des Trocken- und Sauberwerdens, Töpfchen, Unfälle auf dem Teppich, in der Badewanne. Die nackte Realität. Und seine unbewusste Superkraft, die ihn dazu befähigt, mich von den unmöglichsten Positionen aus direkt in die Eier zu treffen. Im Sessel, im Bett, bei irgendeinem Spiel, ich bin am anderen Ende, und der Fußtritt, Rippenstoß, Schuss erfolgt so genau, dass ich mich zusammenkrümme. Manchmal legt er eine Pause ein, bevor er den Ball schießt, als kalkuliere er sämtliche Variablen der Ballistik, und zielt dann mit absoluter Treffsicherheit ins Zentrum meines Schmerzes.

Vor allem die weniger lustigen Seiten bereiten mir Sorgen. Maiko mit Fieberkrämpfen, und ich dachte, er würde in meinen Armen sterben. Dann erklärten mir die Ärzte, dass das völlig normal sei, nichts Schlimmes. Warum warnt einen niemand vor solchen Momenten? Vielleicht ist das nicht möglich. Wenn es wirklich einen Komplettkurs für Kindererziehung gäbe, dann würde niemand mehr welche bekommen. Diese Ignoranz ist notwendig für das Fortbestehen der Spezies, Generationen von Arglosen, die sich in ein Chaos stürzen, von dem sie keine Vorstellung haben. Ein Kurs, der sämtliche Gefahren und Leiden des Elternseins vorwegnimmt, würde allen Angst einjagen. Ein Kondomhersteller könnte als Sponsor auftreten. Dann kaufen die Teilnehmer nach Kursende ohne zu zögern eine 120-Stück-Packung.

Ich ging nicht in das Spielwarengeschäft. Lieber später, am Nachmittag, wenn ich Geld und mehr Zeit hätte. Aber ich musste Maiko ein Geschenk kaufen. Vielleicht im Freeshop auf der Rückreise. Und ich würde auch einen guten Whisky kaufen, um ein bisschen zu feiern. Und ein Parfum für dich, weil du mich all die Monate lang ausgehalten hattest. Das war meine kluge, meine vernünftige Entscheidung: mit dir zusammen zu sein, mich um unser Heim, unser Kind zu kümmern. Doch man überlässt sich obskuren Entscheidungen, die mit dem Körper getroffen werden, oder die der Körper für einen trifft, das Tier in einem. Man könnte das klar sehen, aber das tut man nicht, da ist ein blinder Fleck, jenseits der Sprache, außer Reichweite, und das Seltsame ist, dass uns genau das ausmacht, zum großen Teil sind wir dieser Herzschlag, der sich fortsetzen will, denn natürlich hatten wir beschlossen, nicht mehr zu verhüten, ich erinnere mich gut, aber es vergingen Monate, bis du schwanger wurdest. Wie entscheidet der Körper? Was verändert sich? Ich bin fast sicher, dass du in jener Nacht schwanger geworden bist, als wir den Streit in deiner Wohnung in Agüero hatten. Erinnerst du dich? Einen Moment lang sah es so aus, als würde ich zu mir nach Hause gehen und unsere Beziehung wäre beendet. Ich bin nicht sicher, sagte ich dir und sprach von Schwindelgefühl, mir wird schwindelig bei dem Gedanken, und du warst tödlich beleidigt. Meine Zweifel verletzten dich, mein Widerstand, weinend gingst du ins Bett. Ich blieb eine Weile im Wohnzimmer sitzen, ohne zu wissen, was ich fühlte, dann kam ich zu dir, um dich zu trösten, ich dachte, ich würde nach Hause gehen, aber du sagtest: Bleib heute Nacht, morgen gehst du dann. Wir schliefen zusammen, und irgendwann in dieser Nacht vögelten wir auf eine andere Weise als sonst, eine Art Kampf zwischen Tieren, die in der Dunkelheit in die Tiefe stürzen, und ich erinnere mich an den Schwindel, dem ich mich vollkommen überließ, als ich in dir kam, eine befreiende Hingabe, eine beispiellose Verwegenheit, und es entscheiden unbekannte Kräfte, die Impulse, der fließende Wille, die Zellen, die Keime, die Fauna des Mysteriums, ein orangefarbener Dinosaurier in einem Spielwarengeschäft.

Ich kam an einigen Schulen vorbei, der Vormittagsunterricht war gerade zu Ende. Die Kinder verließen das Schulgebäude und verabschiedeten sich lautstark voneinander. Quer über die Straße schrie einer seinem Freund mit Superheldenstimme zu: Lass dich durch nichts aufhalten! Ich wusste, woher dieser Satz stammte, eine Redensart aus *Tiranos temblad*, und ich lachte, weil ich den Witz verstand und mich als Teil der Verflechtungen von Andeutungen und Geschehnissen fühlte. In jenen Jahren war *Tiranos temblad* ein viraler Erfolg. Alle zwei Wochen veröffentlichte ein Typ mit einer ruhigen und gutmütigen Off-Stimme Videos, die die Menschen in Uruguay in dieser Zeit hochgeladen hatten. Superkurze, unwichtige Filmchen: zum Beispiel Kinder, die einen Vogel einfangen, der ins Haus geflogen ist, ein kleines Mädchen, das zum ersten Mal Fahrrad fährt, ein Mann, der einen Kompressor in einen Kühlschrank einbaut ... Das Ergebnis war eine Mischung aus Zärtlichkeit, Überraschungsmomenten, Uruguayismus, Einfallsreichtum der Dritten Welt, anthropologischer Enthüllungen. In regelmäßigen Abständen erschien ein gewisser Peteca im Bild, ein dicker Typ mit einem zahnlosen Lächeln, und wiederholte den Satz: »Lass dich durch nichts aufhalten.« Und das Video endete stets mit den Worten: »Wir danken dir, YouTube, für alles, was du uns gibst.« YouTube als eine Gottheit, die uns mit einer Fülle von menschlichen Erfahrungen, intimen Momenten und persönlichen Geschichten versorgt. Der sanfte, zurückhaltende Ton dieser Clips stand in Kontrast zu ihrem Namen, der aus der Nationalhymne stammte: *¡Tiranos temblad!* – Fürchtet euch, Tyrannen!

Beim Laufen war mir warm geworden, aber ich behielt die Jacke lieber an, denn in der Bank wollte ich das Geld in der verschließbaren Innentasche verstauen. Ich kam an bedrohlich wirkenden Einkaufspassagen vorüber, die Gänge mit den Geschäften zu beiden Seiten versanken im Halbdunkel. Vor einer Passage wurde mir ein Zettel in die Hand gedrückt, auf dem die Wörter Tattoos, Stammeszeichen, Gothic Style, Superqualität, Hygienestandard, Piercings und Genitalperforationen zu lesen waren. Sofort verknüpften sich meine Assoziationen wie ein am Himmel leuchtendes Sternbild. Der Verliebte ist wie der Paranoiker, er glaubt, alles drehe sich nur um ihn. Die Lieder im Radio, die Filme, das Horoskop, die Handzettel auf der Straße ... Guerras Piercing. Irgendwann einmal hatte sie einen Ladenraum am Ende einer Einkaufspassage betreten, auf einer Liege die Beine gespreizt, und man hatte bei ihr – wie hieß das noch auf diesem gräulichen Papier? – eine Genitalperforation durchgeführt. Ein befreundeter Tätowierer? Vertrauenswürdig? Unter Narkose? Hatte sie Schmerzen gehabt? In keiner einzigen der vielen Mails, die hin und her gingen, haben wir das Thema je angeschnitten. Ich steckte den Zettel in die Jackentasche. Ich hätte ihn in irgendeinen Mülleimer werfen können, anstatt ihn aufzubewahren, und vielleicht wäre nicht geschehen, was später geschah. Doch ich behielt den Zettel, weil mich die uruguayische Ausdrucksweise interessierte, die sich in mancher Hinsicht vom argentinischen Spanisch unterschied.

Hinter dem Platz Los Treinta y Tres Orientales machte die Straße eine Kurve. Wer war dieser Held auf dem Pferd? Danach kam ein großes Gebäude, das Rathaus, mit einer Replik des David von Michelangelo auf dem Vorplatz. Die Straße zweispurig, weiße Taxis, Busse, die Tankstelle, – ANCAP wird neuer und moderner für Sie –, Apotheken, Wechselstuben, Barkredite sofort, Boiler der Marke Orion, neu mit Kupferkessel, Lotterielokale, der Elektromarkt *Magic center*, Fahrradhändler, Optiker, ein Uhrengeschäft der Kette *La hora exacta*. Ich weiß nicht mehr, in welcher Reihenfolge ich all diese Geschäfte sah, aber ich saugte alles begierig in mich auf, als wäre es der letzte Tag meines Lebens. Das Einkaufszentrum Expo Yi, der Brunnen der Liebesschlösser, La Papoñita, wo ich einmal mit Enzo Kaffee getrunken habe, Straßenstände, Kleider, Gürtel, *mani*, die gebrannten Erdnüsse, Brieftaschen, die Bäume mit neuem Blattwerk, Männer, die auf Kisten Schach spielten, und andere, die zusahen, darunter auch ein Straßenkehrer, der auf seinen Besen gestützt eine Pause machte, die Geschäfte der *Galerías Delondon*, ein Kombifahrzeug mit Lautsprechern, *Komm zu uns in den Laden, Lad dein Handy auf*, argentinische Zeitschriften an den Kiosken, Verkehrslärm, aber wenig Hupen, die Geschäfte *Indian Parisien, Galería 18*. In meinem Kopf vermischt sich alles, obwohl ich die Straßen auf dem Stadtplan nachschaue, denn wenige Stunden später lief ich diese Häuserblocks mit Guerra auf der anderen Straßenseite ab, in entgegengesetzter Richtung und vollkommen betrunken.

4 Es waren nicht viele Menschen in der Bank. Ich stellte mich in der Schlange vor den Kassenschaltern an. Hoch oben an der Wand war ein Bildschirm angebracht, um ungeduldige Kunden zu besänftigen. In einer Sportsendung wurde gerade Luis Suárez interviewt. Er war nur schlecht zu verstehen, denn der Ton war leise gestellt, aber es wurden einige seiner Tore für den FC Liverpool und für Barça gezeigt. Traumtore wie von einem Kampfstier, unhaltbar und mit dieser seltenen Qualität, in die Materie einzudringen, indem sie mitten zwischen den Rivalen hindurchgehen, zwei Mal das brasilianische Engelsgesicht David Luiz getunnelt, Tore, die blitzschnell von ganz hinten kommen und die Verteidiger dematerialisieren, nicht diese schwierigen diagonalen Torschüsse von Messi, mehr im hohen Bogen und mit einem kräftigen Kick. In einer Ecke des Bildschirms war das Gesicht von Suárez zu sehen, während er seinen eigenen Toren zuschaute. Er lachte schlitzäugig und zeigte seine großen Zähne.

Sein letzter Vertrag mit dem FC Barcelona belief sich auf hundert Millionen Dollar. Ich war in diesem Moment zufrieden, meine fünfzehntausend abzuheben. Armer Irrer. Ich konnte es kaum erwarten, die neuen, knisternden

Geldscheine in der Hand zu halten. Ich rechnete noch mal nach. Achttausend Dollar aus Spanien und siebentausend von den Kolumbianern. Auf dem argentinischen Schwarzmarkt gewechselt, wären es um die zweihundertvierzigtausend Pesos. Hätte ich mir das Geld auf ein Konto einer nationalen Bank überweisen lassen, wäre mir weniger als die Hälfte geblieben. Es war die Zeit des blauen Dollars, des Soja-Dollars, des Touristen-Dollars, des Backstein-Dollars, des offiziellen Dollars, des zukünftigen Dollars … Ich habe keine Ahnung, wie viele verschiedene Dollartypen im Umlauf waren. Niemand wusste genau, was die Dinge kosteten. Der Peso verlor an Wert, es herrschte Inflation. Und es gab Wechselkurskontrollen. Als ob man mitten im Sommer mit Eiswürfeln bezahlt würde und Kühltruhen verboten wären. Alle suchten verzweifelt nach Dollars. Der Markt teilte sich in den offiziellen und den parallelen, und dazwischen die *cuevas,* illegale Wechselstuben, die Mittelsmänner, die Kumpels der Freunde von Vettern. Einmal war ich zum Geldtauschen ins Zentrum gefahren, und sie hatten versucht, mich auszurauben. Später rief ich den Kontaktmann in der *cueva* an: Die sind mir gefolgt, sie haben mir das Seitenfenster vom Auto eingeschlagen, sie wollten mir das Geld abnehmen. Ich halte die Hand für sie ins Feuer, sagte er, das sind meine Freunde vom Rugby. Wie der mörderische Puccio-Clan?, fragte ich. Doch er lachte nicht. Inzwischen glaube ich, dass es die Typen aus dem Parkhaus waren, die kannten die *cuevas* und beobachteten die Leute. Zustände wie im Mittelalter, mitten im einundzwanzigsten Jahrhundert, in Zeiten elektronischer Überweisungen und virtuellen Geldes, und man fährt auf die andere Flussseite, um dort bedrucktes Papier abzuholen, versteckt die Scheine, auf der Suche nach einer Alternative, will sich vor den Regeln, den Konsequenzen der staatlichen Entscheidungen drücken und findet ein Schlupfloch.

Ich hatte eine vage Vorstellung davon, was ich mit dem Geld anfangen wollte. Zunächst einmal wollte ich es in den Händen halten. Danach würde sich der Nebel lichten, und ich würde klarsehen. Doch in dem Moment, noch unentschlossen, dachte ich daran, dich auszuzahlen, die ausstehenden Rechnungen zu bezahlen, Reparaturen in der Wohnung zu erledigen, meinem Bruder sein Geld zurückzugeben, ein Kindermädchen für die Nachmittage zu finden und mich dann an den Schreibtisch zu setzen. Neun oder vielleicht auch zehn Monate intensiver Arbeit, hinter verschlossener Tür, ohne Unterbrechungen. Der Roman für den spanischen Verlag und das Sachbuch für Kolumbien. Ich schuldete zwei Bücher. Die Berichte für das Sachbuch waren fast fertig, ich musste nur noch eine Struktur finden, dem Ganzen eine Ordnung geben. Der Roman war das Problem. Zehn Monate zum Schreiben. Das war nicht schlecht. Es würde mein großer Roman werden, mein Durchbruch. Das spürte ich. Ein Mann ging weg, verließ seine Frau und seine Kinder und verirrte sich in Brasilien, er wurde ein anderer. Es würde Szenen in *portuñol* geben, einer Mischung aus Portugiesisch und Spanisch, viele Wortspiele, viel verbales Pulver, ich würde die spanische Sprache zum Platzen bringen, um sie wie einen Baum in sämtliche Richtungen zu öffnen, ständig würde etwas passieren, am Strand, in Brasilia, am Amazonas, viel Sex und Bootsfahrten auf breiten Flüssen und Schmuggel, Drogen, Schamanen, Geballer, Tanz, Geschichten innerhalb von Geschichten, das würde mein *Ulysses* werden, mein *Grande Sertão*, mein Meisterwerk.

Nur noch drei Kunden vor mir. Der Wachmann spazierte langsam mit abwesender Miene in der Bank umher. Ich verfolgte noch immer die Sportsendung mit Suárez. Da war noch ein zweiter Fußballer, ich war nicht sicher, ob es Abreu, genannt der Verrückte, war, der 2010 bei der Weltmeisterschaft einen Elfmeter gegen Ghana verwandelt hatte. Er wird nicht so verrückt sein, diesen Elfmeter schießen zu wollen, dachte man als Zuschauer, aber Abreu ging hin, gelassen, unberührt von der weltumspannenden Nervosität, sah den Ball an, nahm einen langen Anlauf, näherte sich mit großen Schritten, und als es aussah, als würde er voll durchziehen, traf er den Ball nur ganz leicht, ein Lupfer über das Nichts, eine Parabel für den zerstörerischen Effekt der Langsamkeit, ein Lob auf die Verrücktheit, und der Ball flog gemächlich, als lachte er die hysterischen Schlachtrufe aus, und demütigte den Torwart, der sich auf die andere Seite geworfen hatte. Stürmischer Beifall. Uruguay erreichte das Halbfinale. Ich hätte zu gern verstanden, was Abreu dazu sagte. Alle Kunden in der Warteschlange schauten zum Bildschirm. Wir Menschen sind zu Rain Man geworden, ohne es zu merken. Wir können nicht mehr ohne Bildschirm leben. Ich gehe nicht mehr ohne Handy auf die Toilette. Es ist die

Angst vor der Stille. Irgendwann gewöhnt man sich daran, jeder hat einen Minifernseher in der Hand. Und wo Handys verboten sind, wie in der Bank, gibt es einen Bildschirm an der Wand. Inzwischen liefen Archivszenen, die Suárez mit ungefähr zehn Jahren bei Kinderspielen zeigten; er musste Hindernisse überwinden, Rutschen hinuntersausen, klettern. Schon damals waren ihm seine Verzweiflung und sein Kampfgeist anzusehen. Und dazu besaß er auch noch Talent.

Was war mein Talent? Worte kombinieren? Eloquente, ausdrucksstarke Sätze bilden? Was konnte ich eigentlich wirklich? Ich hatte in meinem Leben Geld verdient, aber im Tausch wofür? Worte auf einem Blatt Papier zusammenzutragen, hatte mir nicht viel Geld eingebracht. Unterrichten ein wenig mehr, vielleicht. Meine Kurse in der Fakultät, meine Schreibkurse, meine Ateliers. Der Trick bei den Ateliers bestand darin, sich nicht zu sehr einzumischen, Begeisterung für die Literatur zu wecken, zuzulassen, dass die Teilnehmer sich irrten und es allein herausfanden, zu ermutigen, zu führen, die Gruppe ihren eigenen Weg gehen zu lassen, damit jeder Einzelne fand, was er suchte, und sich besser kennenlernte. So in etwa. Dafür wurde ich von der Universität und anderen Einrichtungen bezahlt. Doch jetzt war es anders, jetzt wurde ich dafür bezahlt, dass ich zwei Bücher schrieb. Die blieb ich weiterhin schuldig. Und diese Schuld war in meinem Gehirn verborgen, unsichtbar. Eine Abfolge erzählter Bilder, die meine Fantasie hervorbringen musste. Die Ware, mit der ich bezahlen musste, existierte nicht, sie war nirgends zu finden. Ich musste sie erst *erfinden*. Meine Wechselwährung bestand aus einer Reihe neuronaler Verknüpfungen, die einen verbalen Tagtraum ergaben. Und wenn diese Erzählmaschine nicht funktionierte?

Das Geld, die Scheine. Als ich klein war, gab mir meine Mutter »einen roten und einen blauen« für den Kiosk auf dem Pausenhof mit. Ich wusste nicht, wie viel diese Scheine wert waren. Sie hatten verschiedene Farben, aber es standen keine Zahlen darauf. Alte Gesichter, Wasserzeichen. Seit damals, seit den Siebzigerjahren bis heute, hat San Martín dreizehn Nullen vorüberziehen sehen. Und wie viel Geld habe ich wohl meinen Vater gekostet? Von meiner Geburt in einem Privatkrankenhaus an bis kurz vor seinem Tod, als ich mir noch einmal Geld von ihm lieh. Seit ich auf die Welt gekommen bin, wurde Geld für mich verschwendet: ein Zuhause, Essen, Freizeitclubs, englische Privatschule, Schuluniformen, Kieferorthopädie, Strandurlaube, Skiaufenthalte, Reisen nach Europa, Geschenke, ein Pferd, Privatuniversität, Benzin, Reparaturen und frischer Lack nach Autounfällen, ein Großteil unserer Wohnung in der Avenida Coronel Díaz.

Dieses Geld, mit dem ich großgezogen wurde, hatte mich zum Angehörigen einer sozialen Schicht, eines Freundeskreises, einer Sprechweise gemacht. Das war sonderbar: Das Geld hatte meine Sprache geformt. Meine Schwester wurde einmal in einem Taxi bestohlen, und als sie die beiden Diebe verfluchte, sagte der eine zum anderen: Man kann den Zaster hören, wenn sie den Mund aufmacht. Dieses Weglassen bestimmter Konsonanten. Die unzähligen Codes der sozialen Klassen. Und der Preis meiner Englischkenntnisse: Wie viel hatte es gekostet, einen Teil meines Gehirns in einer anderen Sprache zu formatieren? Einmal träumte ich, dass jemand im Nebenzimmer laut schrie, und als ich fragte, was mit ihm geschah, sagte jemand: Ihm wird die englische Sprache herausoperiert.

Das Geld gehörte zu meiner Kindheit, es umgab mich, sorgte für gute Kleidung, ein sicheres Wohnviertel in der Hauptstadt, Stacheldraht am Wochenende, Clubgelände, ordentlich geschnittene Hecken, Schranken, die sich vor mir öffneten. Und dazu hatte ich mir noch erlaubt, den Aussteiger zu geben, den Künstler ohne Unternehmergeist, den Bohemien. Das war ein weiterer Luxus. Der empfindsame Sohn des Großbürgertums. Doch inzwischen hatte ich begonnen, einen Preis für mein Künstlerleben zu zahlen. Es hatte sich über lange Zeit angebahnt. Ein allmähliches Abgleiten: ein klug begründeter Wechsel des Wohnviertels, der Sohn, der weder den Schnee noch Europa noch Disneyland kennenlernen und die Schule wechseln wird, wenn die Gebühren unerschwinglich werden, und irgendwann, wenn er den ersten Job hat, wird er übergangen werden, er wird dazugehören und doch wieder nicht, er wird nur halb eingeladen sein, seine Ferien an fremden Pools verbringen und eine Schrottkiste erben, die weiterlaufen muss. Ich hatte mit fünfundzwanzig Jahren lernen müssen, meine Wohnung sauber zu machen, staubzusaugen, Bad und Toilette zu reinigen, Wäsche zu waschen und aufzuhängen, zweimal täglich zu kochen, abzuwaschen, bevor ich ins Bett ging. Mein Leben zu leben. War das gut oder schlecht gewesen? Jetzt, im Alter von vierundvierzig, war es schlecht, definitiv sehr schlecht. So empfand ich es. Ich war müde, ich wünschte mir eine Haushaltshilfe, stundenweise, oder zumindest ein Kindermädchen, damit ich etwas freie Zeit zum Schreiben hätte oder wenigstens so tun konnte, als ob ich schriebe. Ich wollte allein sein, und ich war überzeugt, dass das Alleinsein viel Geld kostete, denn es brauchte Hausmädchen, um die Arbeit zu erledigen, die ich nicht tun wollte. Ich fühlte mich wie der Arme unter den Reichen, der Bettler der Reichenviertel, der Eindringling, der den anderen das Geld aus der Tasche zieht. Ich wollte meine Dollars, sofort. Ich wollte schreiben und hören, wie jemand, der nicht ich war, nebenan staubsaugte. Das erschien mir wie ein großer Luxus. Wer hätte das damals gedacht, als ich als Jugendlicher lange schlief und das Hausmädchen, das im Flur vor meinem Zimmer saugte, mit dem Rohr gegen meine Tür stieß; unzählige Male bin ich auf diese Weise geweckt worden, die Staubsauger riefen nach mir, du wirst schon sehen, Luqui, wir dringen auch in dein Leben ein, du wirst uns noch kennenlernen. Staubsaugerturbinen, die auf höchster Stufe dröhnten wie eine Vorahnung.

Jetzt war ich der Erste in der Schlange. Ich vergewisserte mich, dass ich meinen Reisepass in der Tasche hatte. Es war ein Uhr mittags. Nur ein kleiner Schritt trennte mich noch von meinem Ziel. Eine Frau in einem lilafarbenen Blazer unterhielt sich mit der Kassiererin, sie kannten sich, man verstand alles, was sie sagten. Ich blickte mich um. Ein etwa fünfzigjähriger Typ stand dort und hinter ihm noch mehr Leute. Ich würde versuchen, nicht zu laut zu sprechen, damit niemand meinen Auszahlungswunsch hörte. Es gab keine Trennwand, hinter der das Geschehen an der Kasse verborgen geblieben wäre. In Argentinien waren die Banken dazu verpflichtet worden, den Kassenbereich abzuschirmen. Die Anordnung erfolgte, nachdem eine schwangere Frau vor einer Bank erschossen worden war, wo sie Geld für den Kauf einer Immobilie abgehoben hatte. Ihren Namen habe ich vergessen. Man beschuldigte die Bank, der Kassierer geriet in Verdacht … Das war der schlimmste Fall einer ganzen Reihe ähnlicher Verbrechen, und in der Folge führte man die Trennwände ein. Hier war ich für alle gut sichtbar.

Die Frau mit dem lilafarbenen Blazer ging hinaus.

»Wer ist der Nächste?«, fragte die Kassiererin.

Ich trat näher und sprach halb gebückt durch das Geldfach in der Scheibe.

»Ich möchte gern fünfzehntausend Dollar abheben«, sagte ich leise und schob ihr den Reisepass zu.

»Sprechen Sie hier hindurch.« Sie deutete auf eine Art runden Lautsprecher direkt vor ihrem Gesicht.

Ich wiederholte meinen Satz so leise wie möglich.

»Fünfzehntausend?«, fragte sie, und es klang laut.

Ich nickte. Sie sah sich meinen Reisepass an und schaute etwas im Computer nach. Dann verließ sie die Kasse und sprach mit einem Bankangestellten an einem anderen Schalter. Die beiden blickten mich an. Der Angestellte sagte etwas. Die Kassiererin kam zurück.

»Normalerweise können Beträge von mehr als zehntausend Dollar nur in der Zentrale abgehoben werden, es sei denn, Sie kündigen sich der Filiale rechtzeitig an. Aber bei Ihnen machen wir eine Ausnahme, verstehen Sie?«

»Ach, das wusste ich nicht. Danke.«

Sie ließ mich die Empfangsbestätigung unterschreiben, überprüfte meine Unterschrift und verließ den Kassenschalter noch einmal. Sie ging nach hinten und verschwand durch eine Tür. Viel zu viel Betriebsamkeit. Sie erschien mit einem Bündel Scheine in der Hand, das sie in eine elektrische Zählmaschine legte. Die Maschine machte einen schrecklichen, verräterischen Lärm. Sie wickelte ein Gummiband um das Bündel, doch kurz bevor sie es mir reichte, fragte ich:

»Könnten Sie mir fünfhundert Dollar in uruguayischen Pesos auszahlen?«

»Natürlich.«

Sie wechselte das Geld und gab mir die Pesos, die ich in die Hosentasche steckte, sowie das Dollarbündel, das ich in der Innentasche meiner Jacke verstaute. Ich zog den Reißverschluss hoch, bedankte mich bei der Kassiererin, machte auf dem Absatz kehrt und verließ die Bank, ohne noch jemandem in die Augen zu schauen.

Fertig. Ich war beladen. Ich dachte an Guerra. Das war mein erster Gedanke. Die Summe der Möglichkeiten dieses Bündels Scheine, das ich an meiner Brust spürte. Eine Art Öffnung in alle erdenklichen Richtungen. Herr der Zeit. Sie gehörte mir. Fast ein ganzes Jahr in meiner Jackentasche. Ich konnte tun, was ich wollte. Deshalb dachte ich an Guerra. Und diese Möglichkeit wurde von Angst begleitet. Die Angst der Beute im Dschungel. Die Paranoia war mir auf den Fersen. Ich beschleunigte meine Schritte, kürzte quer über die Plaza del Entrevero ab, lief mitten zwischen den Autos auf die andere Straßenseite hinüber und ging ins La Pasiva.

Das Lokal war zur Mittagszeit gut besucht. Ich fand einen freien Tisch an der Wand, ziemlich weit hinten, und setzte mich dort mit Blick auf die Tür hin. Ich las deine Nachricht auf meinem Handy: »Wie läuft's?«, und schrieb zurück: »Schon erledigt«, schickte die Nachricht aber nicht sofort ab. Erst löschte ich sie, dann tippte ich sie erneut und sendete sie dir. Der Akku war nur noch halb voll. Ich suchte eine Steckdose, um das Ladekabel anzuschließen, aber die war für zwei runde Stifte, und mein Kabel hatte drei flache. Einen Adapter hatte ich nicht dabei. Ein Kellner in schwarzer Weste, sorgfältig frisiert, der Ähnlichkeit mit dem Sänger Alfredo Zitarrosa hatte, trat an meinen Tisch.

»Mein Herr«, sagte er, aber es klang nicht wie eine Frage.

»Ein kleines Pils, bitte.«

Ich wartete. Mit Guerra war ich in einem anderen Lokal verabredet, in der Nähe der Rambla. Hier schlug ich die Zeit tot, mitten unter Leuten, an einem sicheren Ort. Ich fragte mich, ob es sicherer war, nach dem Verlassen der Bank in ein Restaurant zu gehen oder durch die Straßen zu schlendern und ab und zu ein Gebäude, ein Hotel zu betreten, um eventuelle Verfolger abzuschütteln. Der Kellner brachte mir das Bier.

»Danke.«

»Bitte schön«, erwiderte er.

Ich musterte jeden Typen, der das Lokal betrat, stellte mir vor, dass einer hereinkäme, auf meinen Tisch zusteuerte und leise zu mir sagte: »Gib mir die Kohle, und dir passiert nichts«, wobei er seine Jacke gerade so weit öffnete, dass die Waffe zu sehen wäre. Und ich gäbe ihm alles, ohne mit der Wimper zu zucken, es wäre der perfekte Überfall. Ich trank zwei Schluck Bier. Dann nahm ich meinen Rucksack und ging zu den Toiletten.

Ich betrat eine der Kabinen, aber an der Tür fehlte der Riegel, also ging ich in die nächste, auch keiner. Die Riegel waren herausgeschlagen worden. Ich lehnte mich mit dem Rücken gegen die Tür, damit sie nicht aufging, und holte einen Geldgürtel aus dem Rucksack. Schnell verstaute ich das Bündel Scheine in dem Reißverschlussfach und band mir den Gürtel um. Ich öffnete meine Hose. Das Bündel befand sich genau an meinem Schambereich. Ich rückte den Bund zurecht und zog die Hose darüber. Ich kam mir vor wie ein Muli, einer dieser Kuriere, die versuchen, Drogen über die Grenze zu schmuggeln. Ich blickte an mir hinunter und strich meine Kleidung glatt. Fast wirkte es wie ein Bauch, aber mit dem Pullover und dem T-Shirt locker darübergezogen war mir nichts anzumerken. Das Geld im Gürtel aufzubewahren war sicherer, als damit in der Jacke herumzulaufen.

Nachdem ich die Toilette verlassen hatte und zu meinem Tisch zurückgekehrt war, merkte ich, dass der Gürtel ziemlich unbequem war. Im Sitzen drückte das Bündel Scheine gegen meine Oberschenkel. Ich veränderte meine Haltung trotzdem nicht, mit der Zeit würde sich der Gürtel schon zurechtrücken, und ich würde mich daran gewöhnen. Im Radio des Restaurants lief Musik der Achtziger: Guns n' Roses, Eagles und ein schrecklicher Song, der von einem »toy soldier« handelt; ich weiß nicht, von wem der ist, aber er erinnert mich an eine Freundin aus der Schulzeit, die ihn ständig hörte. Ich blickte auf die Speisekarte. Die Sandwiches, der Pfirsichkuchen, alles regte meinen Appetit an. Auf dem Logo aß ein blonder Junge einen riesigen Hotdog, dabei fläzte er auf einem Fass, auf dem »La Pasiva« stand. Das Bild des Müßiggängers hatte mir schon immer gefallen. Warum wohl war nie jemand auf die Idee gekommen, in Montevideo eine Restaurantkette namens »La Activa« zu eröffnen? Das Bier machte mir gute Laune, es entspannte mich. Ich trank das Glas in wenigen Zügen leer. Alles Übel der Welt war beseitigt. Ich winkte den Kellner herbei, zahlte und ging hinaus auf die Straße.

5 Die Würfel waren zu meinen Gunsten gefallen. Das spürte ich, als mir die Sonne ins Gesicht schien. Ich hatte alle nötigen Vorkehrungen getroffen. Jetzt musste ich mich nur noch den Geschehnissen des Tages überlassen. Ich entspannte mich und genoss den Spaziergang. Ich würde eine Frau treffen. Was konnte es Schöneres geben? Um mich herum ein blauer Septembertag.

Ich erreichte die Plaza Independencia, die Reiterstatue José Gervasio Artigas' warf kaum einen Schatten. Ein brasilianisches Paar versuchte sich auf einem Stadtplan Orientierung zu verschaffen. Ich meinte, die beiden schon auf der Fähre gesehen zu haben. Der Mann muskulös, milchkaffeefarbene Haut, Basecap; die Frau modische Frisur, kräftige Oberschenkel, enge Jeans, große Ohrringe. Als ich an ihnen vorbeilief, zeigten sie gerade auf etwas in meinem Rücken. Ich ging ein paar Schritte weiter und drehte mich um. Dort stand der Palacio Salvo. Riesig. Guerra hatte mir einen Link zu einer Single von Damon Albarn geschickt, deren Cover dieses alte Gebäude mit seinem Stilmix aus Gotik und Art déco zierte. In der Avenida de Mayo in Buenos Aires steht ein Zwillingsgebäude, Palacio Barolo. Beide Häuser haben einen Leuchtturm. Früher einmal haben diese Leuchttürme Signale zwischen den beiden Städten ausgetauscht, sie waren eine Art Eingangstor zum Río de la Plata. Das Gebäude war imposant. Auf dem Cover war es aus einem anderen Blickwinkel zu sehen. Von oben, wie von einem höheren Gebäude aus. Ich blickte mich um. Vielleicht war das Foto von einem der oberen Stockwerke des Hotels Radisson aus aufgenommen worden. Sofort prallten meine Assoziationen wie Billardkugeln zwischen den Banden hin und her: Ich sah die Brasilianer, die den Palast anschauten, der identisch war mit dem Gebäude auf dem vom Radisson aus geschossenen Foto, das das Cover zierte, das Guerra mir geschickt hatte. Mit so vielen Rückstößen kletterte mein Kopf bis in die oberen Stockwerke. Und mein Verlangen wuchs. Ich konnte es tun. Warum auch nicht? Ich überquerte die Straße und betrat das Hotel.

Es waren nur wenige Leute in der Lobby. Marmorfußboden, Ledersessel, hohe Decke, glatte Oberflächen, der leere Raum des Luxus, internationales Flair. An der Rezeption empfing mich ein junger Typ mit unsicherem Blick.

»Wie kann ich Ihnen behilflich sein, mein Herr?«

»Guten Tag, ich würde gern wissen, wie viel ein Zimmer im … Wie viele Stockwerke hat das Hotel?«

»Wir haben Zimmer bis zum vierundzwanzigsten Stock hinauf.«

»Im zwanzigsten Stock mit Blick auf den Platz, was kostet das?«

»Ein Doppelzimmer?«

»Ja.«

»Zweihundertvierzig Dollar die Nacht.«

Ich sah ihn an. Ich hatte angenommen, dass das Zimmer teurer wäre. Ich hatte angenommen, dass der zu hohe Preis für mich entscheiden würde, dass diese Möglichkeit für mich unerreichbar bliebe.

»In Ordnung, ich nehme ein Zimmer«, sagte ich.

»Für eine Person?«

»Ja.«

»Dürfte ich Sie um eine Kreditkarte bitten?«

»Wenn ich jetzt gleich in bar bezahle, brauchen Sie dann noch eine Kreditkarte?«

»Nein, nicht, wenn Sie gleich zahlen.«

Ich hatte Schwierigkeiten, die Scheine aus dem Geldgürtel herauszuholen, und machte einige verdächtige Bewegungen. Der Mann am Empfang blickte mich an, er sah nicht, mit welchen Handgriffen ich auf der anderen Seite des Tresens versuchte, meine Hose zu lockern. Er muss den Eindruck gehabt haben, ich wolle dort hinpinkeln. Ich reichte ihm meinen Reisepass und bezahlte dreihundert Dollar.

Ich fuhr bis zum Zimmer 262 hinauf. Die Nummer gefiel mir. Ich öffnete die Tür, legte den Rucksack auf dem Bett ab und schob die Vorhänge beiseite. Die Aussicht von so hoch oben! Der seltsame Turm des Palacio Salvo und im Hintergrund der Horizont des Flusses. Ich lebte mein Leben, hier und jetzt. Schluss mit der Sublimierung durch die Literatur, mit dem Geschichtenerfinden. Ich wollte meine eigenen erleben. Sehen und berühren.

In die Realität eindringen. In Guerra eindringen. Einen Krieg mit meiner verdammten Fantasie anfangen, meiner ewigen unsichtbaren Welt. Ich setzte mich aufs Bett. Ich probierte aus, ob es gut federte. Ich wollte sie dort nackt umarmen, ihren echten Körper an meinem spüren. Das hier war das Bett, in dem ich endlich den Gedanken in die Tat umsetzen würde. Du hattest das bereits getan, immer wieder warst du auf die andere Seite des Spiegels getreten und hattest Gerüche, Stimmungen, Meinungen, Gelächter, Echos einer Intimität mit zurückgebracht, die ich nicht kannte; später träumtest du für dich allein an meiner Seite. Auch ich träumte allein. In diesem Moment, allein in diesem leeren Hotelzimmer, war ich eine Art Regisseur auf der Suche nach Drehorten für einen Film, den ich nie realisieren würde.

Ich ließ nichts im Zimmer, bis auf eine umfangreiche Rimbaud-Biografie, sechshundert Seiten, die ich hatte zu Ende lesen wollen und die ich auf der gesamten Fahrt nicht ein Mal aufgeschlagen hatte. Das Buch wog schwer in meinem Rucksack. Ich legte es auf den Nachttisch. Dann ging ich ins Bad, wo ich einen langen, schäumenden Urinstrahl in die Schüssel richtete. Die Sache mit dem Geld hatte mich so nervös gemacht, dass ich gar nicht gemerkt hatte, wie dringend ich pinkeln musste. Ich wusch mir Hände und Gesicht und betrachtete mich im Spiegel. Ich kämmte mir die Haare, die nach der stundenlangen Busfahrt platt am Kopf anlagen. Mein Gesicht im Spiegel; wie immer kam ich mir selbst irgendwie irreal vor. Ich sagte: Komm schon, Pereyra. Bevor ich das Zimmer verließ, machte ich noch ein Foto von dem Blick aus dem Fenster. Es war zehn vor zwei.

Ich überquerte den Platz und lief die Straße hinter dem Teatro Solís hinunter. Eine breite Straße, die zur Rambla führt. Wieder war ein Stück dunkelvioletter Horizont des offenen Flusses zu sehen. Ein Gedicht kam mir in den Sinn, aber da ich es nicht aufschrieb, weiß ich nicht mehr, wovon es handelte. Vielleicht war es der Enthusiasmus des Bieres, das Lampenfieber. Doch mein Geist war klar, während ich dahinlief, und intuitiv erspürte ich ein himmlisches, atmosphärisches Gedicht, mit dem vertrauten Widerschein eines fast menschenleeren Montevideo. Ich erinnerte mich an dieses Gedicht über Montevideo von Jorge Luis Borges, in dem er von der Gnade eines Abhangs spricht. »Mein Herz gleitet durch den Abend wie Müdigkeit über einen barmherzigen Hang.« Später korrigierte er die Zeilen und schrieb: »Ich gleite durch deinen Abend wie Müdigkeit ...« Offensichtlich erschien ihm ein schlitterndes Herz zu übertrieben, ein Bild wie ein Blutbad, wie ein Bolero (tatsächlich gehört »Herz« zu den Wörtern, die er beim Korrekturlesen am häufigsten gestrichen hat). Die vertraute Ansprache in der zweiten Person zu Beginn passt gut, heimlich spricht er zu der Stadt: »Ich gleite durch deinen Abend«. Zwei Verse hat er sogar ganz gestrichen. Der erste lautete: »Am Abend bist du besänftigt und klar wie die Erinnerung an eine schlichte Freundschaft«. Irgendetwas störte ihn an dieser Zeile, die Wiederholung von Abend, die beiden leicht gekünstelten Adjektive: besänftigt, schlicht. Der zweite gestrichene Vers ging so: »Die Liebe sprießt aus deinen Steinen wie bescheidener Weidegrund«. Er könnte ihm sentimental vorgekommen sein. Aber mir gefiel das Gedicht. Es stellt die uruguayische Hauptstadt wie ein vergangenes Buenos Aires dar. »Du bist unser und festlich wie ein Stern, den die Wasser verdoppeln«, heißt es. Das ist ein schönes Bild, da stecken die Freude am Feiern und Candombe-Tanzen drin. Und das verdoppelte Antlitz von Montevideo; gleich und doch verschieden, im wandernden Widerschein. Weiter spricht Borges von der Morgendämmerung, von der Sonne, die über dem trüben Gewässer aufgeht. Und er schließt mit dem Vers: »Straßen mit Patiolicht«. Ein schlichter, kurzer, wirkungsvoller Vers nach den vielen langen, der die freundliche und familiäre Atmosphäre in den niedrigen Häusern einfängt, die Gastfreundschaft dieses idealisierten Montevideo. Irgendwann im Laufe dieses Jahres hatte ich, wie magnetisiert durch das Verliebtsein auf Distanz, das Gedicht auswendig gelernt und dabei die Unterschiede zwischen den zwei Versionen entdeckt.

Schon von Weitem sah ich die Bar Santa Catalina mit ihrer gelben Markise. Ich ging an einem halb abgerissenen Gebäude mit graffitibeschmierten Wänden vorbei, überquerte die Straße und betrat das Lokal. Einige Tische waren besetzt. Guerra war noch nicht da. Ich grüßte und ließ mich draußen an einem Tisch mit Blick in die Richtung nieder, aus der sie kommen würde. Es hieß, dass auch Präsident Mujica manchmal zum Essen hierherkam. Die Pizzeria lag in der Nähe der Regierungsgebäude und passte gut zu seinem einfachen, volksnahen Lebensstil: ein altes

Lokal für bescheidene Ansprüche, mit Aluminiumstühlen auf dem Gehsteig und bodenständiger Küche. Es ging mir gut dort, Cata, in dieser Bar mit dem Namen deiner Heiligen, während ich auf eine Frau wartete, die ich zwei Mal in meinem Leben gesehen hatte. Das erste Mal im Januar in Valizas und das zweite Mal im März, genau in dieser Bar.

Ein Mann kam von drinnen an meinen Tisch. Diesmal ergriff ich das Wort als Erster:

»Wie läuft's, *patrón*?«

»Alles in Ordnung. Und bei Ihnen?«, fragte er und wischte mit einem Lappen über den sauberen Tisch.

»Alles bestens. Ein schöner Tag, um draußen ein Bier zu trinken.«

»Welches kann ich Ihnen bringen?«

»Ein große Flasche Pilsen und zwei Gläser, bitte.«

»Erwarten Sie jemanden?«

»Eine Dame.«

»Perfekt. Bleiben Sie zum Essen?«

»Ich denke schon.«

»Umso besser«, sagte er und verschwand im Lokal.

Beim letzten Mal, als ich hergereist war, um das Bankkonto zu eröffnen, hatten Guerra und ich an genau diesem Tisch mehrere Biere getrunken. Ich hatte ihr von meinem persönlichen Finanzplan erzählt und ihr auch gesagt, dass ich mehrmals im Jahr kommen würde, um Geld von der Bank zu holen, und wir uns dann sehen könnten. Sie hatte meine Vorstöße zurückgewiesen. In Montevideo gibt es viele Augen, hatte sie gesagt und gelacht. Auf jener Reise hatte ich den Bus nach Colonia nehmen müssen, der früh in Tres Cruces abfuhr, deshalb war unser Treffen nur kurz gewesen. Wir küssten uns kein einziges Mal. Aber wir unterhielten uns lange. Guerra erzählte mir, dass sie mit ihrem Freund in dem Viertel Nuevo París wohne, noch immer für die Fernsehsendung arbeite und mit dem Rad zur Arbeit fahre. Sie berichtete mir von dem Knochenmarkkrebs ihrer Mutter und wie schnell sie an der Krankheit gestorben sei. Mit ihrem Vater war sie zerstritten, und ihr Bruder lebte in den Vereinigten Staaten. Ich hatte ihr ein Buch mitgebracht, aber keines von meinen: das Tagebuch von Werner Herzog über die Dreharbeiten zu *Fitzcarraldo*. Guerra erzählte mir, sie habe meine Bücher in den Buchhandlungen von Montevideo gesucht, aber keines gefunden. Im Internet hatte sie ein paar Texte von mir gelesen, die ihr gefielen. Ich erinnere mich nicht mehr, worüber wir uns noch unterhalten haben. Ich weiß noch, dass ich ihr das Versprechen gab, bald wiederzukommen, das ich nicht gehalten habe, denn ich war erst jetzt wieder da, ein halbes Jahr später.

Auf der anderen Straßenseite tauchte eine schwangere Frau mit einem kugelrunden Bauch auf. War das Guerra? Sie schien ihr ähnlich. Sie kam näher, lief aber quer über die Straße, und als ich sie besser sehen konnte, erkannte ich, dass es nicht Guerra war. Die Frau ging weiter, aber mein Herz machte noch ein paar Sprünge, als versuchte es, einem Dolchstoß auszuweichen. Kurz hatte ich gedacht, dass sie genau so auf mich zukommen würde, mit dickem Bauch. Möglich war es. Obwohl, vielleicht hätte sie mir davon in einer Mail geschrieben. Ich stellte mir vor, dass sie schwanger wäre und wir spazieren gingen, wir würden Eis essen und uns dann und wann hinsetzen, damit sie sich ausruhte. Ich würde mit ihr zusammen Babykleidung anschauen. Von mir konnte das Kind nicht sein, dessen war ich sicher. Ich malte mir aus, dass sie trotz der Schwangerschaft mit mir schlafen wollte und wir in mein Hotelzimmer gingen. Ein zärtlicher Film lief vor meinem inneren Auge ab, der von ihr handelte, nackt mit ihrem Bauch, wunderschön, mit größeren Brüsten. Ich war erregt. Und obwohl mich Schwangere im Allgemeinen nicht anturnen, hatte ich plötzlich das Gefühl, dass es mit ihr anders gewesen wäre. Du warst während der Schwangerschaft auch sehr schön.

Der Kellner brachte mein Bier, warf sich den Lappen über die Schulter, ging zum Bordstein außerhalb des Schattens der Markise und blickte in Richtung Rambla zum Himmel hinauf. Ich hatte den Eindruck, dass er reden wollte.

»Kommt heute der Präsident?«

»El Pepe war schon länger nicht mehr hier.«

Ich füllte mein Glas. Der Wirt blickte immer noch in dieselbe Richtung, als würde er in der Ferne etwas suchen.

»Zieht ein Gewitter auf?«, fragte ich.

»Nein, kein Gewitter. Außerirdische«, sagte er und lächelte.

»Ach, wirklich?«

»Gestern konnte man dort ein Licht sehen, über dem Fluss.«

»Ein Ufo?«

»Ich habe keine Ahnung. Es funkelte, hatte die Form einer Raute, so.«

Er deutete mit den Händen eine Form an, die ich nicht erkennen konnte. Ich war nicht ganz sicher, ob er mich nicht auf den Arm nahm. Argwöhnisch fragte ich:

»Hat es sich bewegt?«

»Nein, es war ganz ruhig. Ein rötliches Licht. Man konnte es deutlich erkennen. Etwa vier oder fünf Kilometer entfernt, denke ich. Enorm groß.«

»Na ja ... manchmal geschehen merkwürdige Dinge«, sagte ich.

»Ich habe so was noch nie gesehen.«

Ich hatte den Eindruck, dass der Typ es ernst meinte.

»Alle hier haben es gesehen, aber weder im Fernsehen noch in den Zeitungen wurde darüber berichtet.«

»Hatten Sie Angst?«

»Nein! Es war eher überraschend. Wir standen alle hier und schauten es an, und auf einmal war es so schnell verschwunden, wie es gekommen war.«

»Und Sie hatten ganz sicher nichts getrunken?«

»Nur Wasser«, sagte er, ohne eine Miene zu verziehen.

»Es könnte die Jungfrau Maria gewesen sein.«

»Nein, keiner von uns hier ist religiös.«

»Man muss nicht gläubig sein«, sagte ich. »Außerdem, die Jungfrau und die Außerirdischen, ist das nicht in etwa das Gleiche?«

»Tja, das weiß ich auch nicht«, erwiderte er.

Er wollte nicht theoretisieren. Ich ebenso wenig.

Ich fragte ihn, wie lange er die Bar schon besitze, wer koche, was die Spezialität des Hauses sei und was er mir empfehlen könne. Lamm aus dem Ofen mit Kartoffeln und *boñato*, Ravioli mit Tomatensoße, *cazuelas* ... Mir lief das Wasser im Mund zusammen.

»Sobald meine Begleitung da ist, bestellen wir.«

»Sehr gut«, sagte er und wandte sich zum Gehen.

»Sollte ich etwas am Himmel entdecken, gebe ich Ihnen Bescheid.«

»So machen wir es.«

Es war Viertel nach zwei, und Guerra war nicht da. Vielleicht würde sie überhaupt nicht erscheinen. Ein Teil von mir hätte diese Möglichkeit vorgezogen. Dann hätte ich weggehen können, mit dem Nimbus, verlassen, aber nicht zurückgewiesen worden zu sein, von der Demütigung verschont, beinahe siegreich, weil das Treffen für null und nichtig erklärt worden war. Ich hätte mir sagen können: Sie ist nicht erschienen. Sie ist nicht zu unserer Verabredung gekommen. Und ich hätte nicht in Schwierigkeiten geraten können. Wäre vom Lügen und Trügen befreit gewesen. Ich hätte auf der richtigen Seite bleiben können. Keine Grenzüberschreitung ohne Wiederkehr. Das war meine Art, mich zu drücken, denke ich. Ein Trick, damit nicht ich es war, der eine Entscheidung traf, sondern die Elementarteilchen des chaotischen Werdens. Mein Herz pochte wie wild. Noch war Zeit abzuhauen. Einen Moment lang dachte ich daran, es zu tun. Aufstehen, bezahlen und weggehen, ohne mich umzublicken, die Rambla hinunter, herumspazieren und mir die Zeit vertreiben, bis ich am frühen Abend mit Enzo verabredet war. Ein sauberer Schnitt. Später dann ein paar Entschuldigungen per E-Mail. In Ruhe, allein, würde ich mich auf meine Projekte konzentrieren, auf meinen Roman, in irgendeiner anderen Bar der Avenida 18 de Julio ... Plötzlich hatte ich panische Angst vor dem Treffen. Worüber sollte ich mit ihr sprechen? Wie sollte ich sie überzeugen, mit mir ins Hotel zu kommen? Ich war ziemlich müde und hatte Hunger. Kaum noch Energie. Und wenn sie mit mir ins Hotel kam, ich aber die Nervosität, die Müdigkeit und die übergroßen Erwartungen nicht abschütteln konnte? Und was, wenn an ihrer Stelle ihr Freund aufkreuzte, um mir eine reinzuhauen? Vielleicht würde er mich auch zur Rede stellen. Bist du Lucas Pereyra? Meinem Freund Ramón ist das einmal passiert. Er hatte ein Rendezvous mit einer Frau, die in einer Beziehung war. Die beiden hatten sich schon zwei oder drei Mal getroffen. Während er vor einem Stundenhotel auf sie wartete, kam auf einmal ein Typ auf ihn zu und fragte: Bist du Ramón? Ja. Ich bin der Freund von Laura. Bleib ruhig, ich werde dich nicht schlagen. Aber wenn du dich Laura noch ein einziges Mal näherst, werde ich gezwungen sein, dich zu töten. Verstanden? Verstanden, sagte Ramón, und der Typ ging fort. Laut Ramón war er kein Riese, doch sein entschlossenes und beherrschtes Auftreten hatten ihn in Angst und Schrecken versetzt. Natürlich hat er die Frau nie wieder getroffen und ihr auch nichts von dem Vorfall erzählt. Mir ging durch den Kopf, dass Guerras Freund – der Kerl, den ich in Valizas gesehen hatte, als sie aus dem Bus stieg – sicherlich nicht zum

Reden aufgelegt wäre, wenn er von unserem Treffen wüsste. Dabei hatte ich nichts getan, ich hatte mich nur mit ihr zum Mittagessen verabredet. Alles vollkommen harmlos bis jetzt.

Aus dem Augenwinkel nahm ich einen Hund mit Maulkorb wahr, und eine Hand legte sich fest um meinen Nacken. Ich sprang auf, stieß gegen den Tisch und warf mein Bierglas um, das glücklicherweise fast leer war. Es war Guerra, die von der Rambla herübergekommen war, mit dem Hund. Sie war verändert, beinahe nicht wiederzuerkennen.

»Hallo, mein Hübscher, erschrick nicht«, flüsterte sie mir ins Ohr und schlang die Arme um mich. »Ich gehe auf die Toilette, halt das mal für mich.«

Sie gab mir die Hundeleine, stellte das Glas auf und verschwand im Inneren der Bar. Die Momentaufnahme ihres Rückens, der blaue Apfel ihres Hinterns in der Jeans. All das geschah in fünf Sekunden. Ein Erdbeben. Ich blieb wie erstarrt stehen, die Hundeleine in der Hand. Der Hund blickte mich verschämt an. Der Maulkorb schien mehr eine Strafe als eine Vorsichtsmaßnahme zu sein. Es war ein schwarzer Pitbull mit einem weißen Fleck auf der Brust. Ein schüchterner Pitbull. Uns beiden war diese erzwungene Begegnung unangenehm. Er sah mich noch einmal an, senkte den Blick und ließ sich nieder. Also setzte auch ich mich hin.

6 Mit dem Hund können wir nicht ins Hotel. Das war mein erster Gedanke. Und schon gar nicht mit diesem Hund. Jahrelange genetische Manipulation hatten ihn zu dem gemacht, was er war: ein Kampfhund mit kräftigem Kiefer, brutal, aggressiv, eine kompakte Masse mit tödlichem Biss, ein Tasmanischer Teufel mit einem riesigen, quadratischen Kopf. Der Maulkorb annullierte sein Wesen. Er war Tyson in Handschellen. Immer wieder sah er mich mit schiefem Blick an.

Wer wollte so einen Hund besitzen? Welche emotionale Lücke sollte so ein Monster in einem Zuhause schließen? Er war eine Metapher, aber wofür? Eine Verlängerung, wovon? Das doppelte Tier, der Nahual, von wem? Warum, verdammt noch mal, brachte diese Frau ihren in einen Hund verwandelten Freund mit und ließ mich auf ihn aufpassen? Oder passte etwa der Hund auf mich auf? Ich schenkte Bier in die zwei Gläser. Da kam Guerra zurück. Mein Gott, wie hübsch sie war.

»Du hast abgenommen, Pereyra«, sagte sie und setzte sich hin.

»Und du hast dich verändert. Die Frisur, nicht wahr?«

»Die Stirnfransen sind weg.«

»Was? Der Pony?«

»Hier sagt man Stirnfransen.«

»Steht dir gut. Du siehst mehr wie …«

»Mehr wie was?«

»Weniger mädchenhaft aus.«

»Ich sehe alt aus?«

»Nein, du siehst wie eine Frau aus. Nicht mehr wie ein Mädchen. Die Frisur steht dir sehr gut.«

Einen Moment lang sahen wir uns schweigend an, ein Lächeln auf den Lippen.

»Möchtest du mir Cuco zurückgeben?«, fragte sie.

»Er heißt Cuco, wie der Kinderschreck?«

»Genau, er hat doch etwas Monströses an sich, oder nicht?«

»Ein wenig monströs ist er schon … Läuft er nicht weg?«

»Nein, aber mach ihn zur Sicherheit am Stuhl fest.«

Ich stand auf und stellte das Stuhlbein in die Handschlaufe der Leine.

»Fertig. Beißt er?«

»Nein, er ist superlieb. Aber seit ein paar Jahren müssen solche Kampfhunde in der Öffentlichkeit einen Maulkorb tragen.«

»Was für ein gut organisiertes Land, dieses Uruguay. Gehört er deinem Freund?«

»Ja und nein.«

»Was denn nun?«

»Ja, es ist sein Hund, und nein, er ist nicht mehr mein Freund.«

(Ich bin kein Peronist, doch manchmal setzt man ein Pokerface auf und schreit tief im Inneren: Es lebe Perón!)

»Und was machst du mit seinem Hund?«

»Eine Freundin passt auf ihn auf, bis er von einer Tournee zurückkommt.«

Der Kellner kam an unseren Tisch. Ich fragte Guerra, was sie essen wolle.

»Was nimmst du?«, fragte sie mich.

»Ich nehme das Lamm mit Kartoffeln und bo... Wie heißt das noch? Das sind Süßkartoffeln, nicht wahr?«

»*Boñato.*«

»Genau«, sagte ich.

»Das nehme ich auch«, sagte Guerra.

Der Kellner ging nach drinnen, um die Bestellung an die Küche weiterzugeben. Ich hob mein Glas und prostete ihr zu.

»Es ist schön, dich zu sehen, Guerra.«

Wir stießen an.

Einen Moment lang dachte ich: Wer ist diese Frau? Sie kam mir vollkommen unbekannt vor. Ich hatte Mühe, sie mit meiner Wahnvorstellung der letzten Monate in Verbindung zu bringen. Ich will nicht sagen, dass sie nicht schön war – tatsächlich sah sie in diesen Jeans und dem rückenfreien T-Shirt zum Anbeißen aus –, aber nachdem ihr übermächtiges Wahnbild mich so lange begleitet hatte, kam es mir jetzt sonderbar vor, dass die echte Guerra direkt vor mir stand.

»Was ist denn mit deinem Freund passiert?«

»Die neue uruguayische Epidemie ist passiert.«

»Was?«

»Und das Schlimmste ist, dass es meine Idee war. Unsere Miete wurde kräftig erhöht, deshalb fragte ich meine Freundin Rocío – die mit dem Verlag, sie war auch in Valizas, erinnerst du dich?«

»Ja.«

»Nun, ich fragte sie, ob sie bei uns einziehen will, weil sie etwas gesucht hat.«

»Mmmhh ... Was denn gesucht? Die Story geht bestimmt schlecht aus.«

»Hör bloß auf. Wir haben uns die Miete geteilt. Es lief super: Wir haben zusammen gekocht und uns mit dem Putzen abgewechselt, und sie hat auch öfter mal das Feld geräumt und ihre Mutter besucht ... Alles perfekt.«

»Hat sie sich mit deinem Freund verstanden?«

»Nein, César hat gesagt, er könne sie nicht ausstehen.«

(Das war das erste Mal, dass ich den Namen ihres Freundes hörte: César. Ich blickte zu dem Hund, der unter dem Tisch eingeschlafen war.)

»Sie hat sich meist zurückgezogen, hatte selten Lust, mit uns Mate zu trinken oder fernzusehen. Sie hat Kekse mitgebracht, und dann hat sie sich zwei oder drei genommen und ist mit ihrem Mate zum Lesen in ihr Zimmer gegangen.«

»Die perfekte Untermieterin«, sagte ich.

»Die perfekte Schlampe. Die graue Maus, die keinen Freund gefunden hat, die weder tanzen gehen wollte noch sonst was! Eines Tages lüfte ich ihr Zimmer und fege, und als ich ihre Bettlaken glatt ziehen will, sehe ich auf ihrem

Kissen ein graues Haar, so kurz. Rocío hat keine grauen Haare, César schon.«

»Schrecklich«, sagte ich.

»So was von schrecklich! Ich war wie vom Donner gerührt, und plötzlich fügte sich eins ins andere, wie in einem Puzzle: die Male, wenn die beiden ohne mich in der Wohnung waren, wie César getrödelt hat, damit ich vor ihm rausgehe, die schlechte Stimmung zwischen den beiden: die pure Verlegenheit!«

»Sie haben nur so getan, als könnten sie sich nicht leiden.«

»Natürlich!«

»Aber …«, sagte ich, »also … verzeih mir, wenn ich das sage, so genau habe ich mir deine Freundin nicht angesehen, aber so unwiderstehlich ist sie doch gar nicht.«

»Nein, ganz im Gegenteil. Hässlich ist sie! Das habe ich César ins Gesicht geschrien. Weil es mir einfach nicht in den Kopf will. Ich hätte doch kein Superweib ins Haus gelassen, damit es mir meinen Freund wegschnappt. Rocío war meine Freundin, unauffällig, keine Kurven, kein Busen, schweigsam, brav, Bücherwurm … Aber ihr Männer bumst ja alles, was nicht bei drei auf den Bäumen ist.«

»Steck mich bitte nicht in diese Schublade.«

»Männer vögeln doch nur nicht mit ihren Schwestern, weil die nicht wollen, sonst würden sie es denen auch noch besorgen. Und ihrer Mutter.«

»Puh … Lass uns mal bei diesem einen Mann bleiben. Hast du ihn damit konfrontiert?«

»Ich wollte erst ganz sicher sein.«

»Was hast du gemacht?«

»Ich habe sie aufgenommen.«

»Nein! Wie denn?«

»An einem Samstagvormittag habe ich mein Handy unter Rocíos Bett versteckt, als sie gerade geduscht hat, und auf Aufnahme gestellt. César war in unserem Zimmer und hat Musik gehört. Ich hab ihm gesagt, dass ich kurz ins Zentrum zu einer Besprechung für den Film muss.«

»Welcher Film?«

»Ich arbeite bei einem Film mit.«

»Cool.«

»Supercool.«

»Hast du eine Rolle?«

»Nein, ich bin in der Produktion. Aber das erzähle ich dir später. Ich bin also weggegangen. Mittags bin ich wiedergekommen und habe gewartet, dass Rocío ihre Mutter besuchen geht. Dann habe ich mein Handy geholt.«

»Haben sie es nicht entdeckt?«

»Nein, ich hatte es lautlos gestellt: Es nimmt auf, sieht aber wie ausgeschaltet aus. Ich habe mir Kopfhörer aufgesetzt und César gesagt, dass ich mit Cuco Gassi gehe.«

Guerra verstummte.

»Und?«

Sie sagte nichts, machte eine kaum merkliche Kopfbewegung, wie ein winziges Nein. Plötzlich sprach sie mit brüchiger Stimme. Weinende Frauen machen mir Angst. Wer hat eigentlich gesagt, dass ich mich in diese venezolanische Seifenoper einmischen soll?, dachte ich. Wie überstehe ich das bloß? Gibt es kein Lehrbuch für solche Fälle?

Wie kriegt man eine Frau rum, die weint und den Hund ihres Freundes an der Leine hat? Wenn eine Frau weint, zieht sich mein Gehirn erst einmal so weit wie möglich zurück, auf den Grund meines Egoismus, an das entgegengesetzte Ende von Leiden und Liebe, ich plane meine Flucht. Erst dann kehre ich langsam wieder zurück, ich werde verständnisvoll, vielleicht, weil die Tränen allmählich die gewünschte Wirkung erzielen.

»Nie hätte ich gedacht ... wirklich nie, das schwör ich dir ...«, sagte Guerra mit verweinten Augen. Sie sah sterbensunglücklich aus. »Er hat ihr beim Sex die gleichen Sachen ins Ohr geflüstert, die er mir auch sagt!«

»Was für Sachen?«

»Egal, das werde ich dir wohl kaum erzählen, das ist zu intim. Jedenfalls waren es exakt die gleichen Worte.«

»Eine Katastrophe, Guerra. Von manchen Dingen sollte man lieber gar nichts erfahren. Du hättest die beiden nicht aufnehmen sollen.«

»Sie hätten mir glatt ins Gesicht gelogen. Ich wollte die Wahrheit wissen.«

»Manchmal ist die Wahrheit zu viel.«

»Nein, mir ist das lieber so. Denn weißt du, was? Jetzt sehe ich den Scheißkerl nie wieder.«

»Wo wohnst du?«

»Bei meinem Vater.«

»Warst du mit dem nicht zerstritten?«

»Doch, bin ich immer noch, aber wir begegnen uns nie.«

Plötzlich verspürte ich große Zuneigung für Guerra und das Bedürfnis, sie in den Arm zu nehmen und zu beschützen. Aber der Tisch war im Weg. Ich griff zwischen den Gläsern hindurch nach ihrer Hand und küsste ihren Handrücken.

»Alles wird gut«, sagte ich.

Sie nickte zustimmend und wischte sich mit der Hand die Tränen aus den Augen. Ich reichte ihr ein Päckchen Papiertaschentücher, und sie putzte sich ihre schöne Nase.

»Lass uns einen Whisky ordern«, sagte sie.

Der Kellner servierte uns das Lamm, und ich bestellte zwei J & B auf Eis.

»Und wie geht es dir?«, fragte sie.

»Gut. Aber erzähl erst mal zu Ende. Was hast du gemacht?«

»Ui, ich habe eine Szene gemacht. Ich bin wohl etwas übers Ziel hinausgeschossen, aber gut, jetzt ist es eh vorbei. Ich bin zurück in die Wohnung und habe kein Wort gesagt, sondern bin schlafen gegangen. Am Abend kamen Freunde. Ab acht Uhr klingelten sie. Einer nach dem anderen ... Ich habe gewartet. Als alle zusammen waren, habe ich angeboten, Musik aufzulegen, und aus den Lautsprechern ertönten die beiden beim Sex, im allerschlimmsten Moment, als sie gerade ›Fick mich!‹ schreit.«

»Du bist verrückt.«

»Mag sein, aber das war es mir wert. Die Gesichter der beiden! Man konnte jeden Klaps hören. Keiner hat kapiert, was los war. Ein paar haben gelacht. César ist zu den Lautsprechern und hat das Handy gegen die Wand geschmissen. Dann ist er zur Tür raus, ohne mich auch nur eines

Blickes zu würdigen. Ja, hau nur ab, du Schisser, hab ich ihm gesagt, als er auf der Schwelle stand. Und zu Rocío: Und du kannst auch gleich gehen. Sie hat geweint. Da haben unsere Freunde es endlich verstanden, aber sie hatten keine Ahnung, wen sie trösten sollten. Ich bin einfach stehen geblieben und habe gewartet, dass sie geht, und dann meinte sie plötzlich: Wir wollten es dir morgen sagen: Ich bin schwanger.«

»Was?!«

»Du hast richtig gehört«, sagte Guerra. »Das Miststück ist schwanger.«

Der Whisky wurde gebracht, und wir tranken ihn hastig. Die Schwangerschaft änderte alles. Ich wusste nicht, was ich sagen sollte. Wir begannen zu essen.

»Konntest du deine Angelegenheiten regeln?«

»Ja, alles erledigt.«

»Gut«, sagte Guerra.

Es mag daran gelegen haben, dass ich sehr hungrig war, aber dieses Lammfleisch war eines der besten Gerichte, die ich in meinem ganzen Leben gegessen habe. Das Fleisch war mit Rosmarin gewürzt, dazu mittelgroße Kartoffel- und Süßkartoffelstücke, goldgelb gebraten. Ich lehnte mich entspannt im Stuhl zurück. Unter der Markise schien ein Patiolicht, da hatte Borges also recht. Ich sah Guerra beim Essen zu und glaubte, dass meine Chancen gestiegen waren. Möglicherweise wollte sie sich an ihrem Freund rächen, indem sie mit mir Sex hatte, und ihr Selbstwertgefühl wiederherstellen. Doch ich sollte meine Trösterrolle nicht übertreiben, das konnte auch nach hinten losgehen. Das größte Problem war immer noch der Hund. Ich bestellte zwei weitere Whisky.

Ich suchte das Foto, das ich vom Fenster meines Hotelzimmers aus aufgenommen hatte.

»Sieh mal, Guerra«, sagte ich und reichte ihr das Handy.

Sie legte das Besteck beiseite und nahm es in die Hand.

»Der Palacio Salvo?«

»Ja, das Foto habe ich gerade vom Hotelzimmer aus gemacht.«

»Das Radisson? Echt? Bei dir läuft's aber gut.«

»Ich hab ein Zimmer reserviert, damit wir allein sein können.«

»Du hast an alles gedacht.«

»Ja.«

»Und seit wann planst du das schon?«

»Seit ich dich in Valizas tanzen gesehen habe.«

»Ach, sieh mal einer an ...«

Ich beugte mich vor, und sie tat es mir gleich, um zu hören, was ich ihr zuflüsterte:

»Ich will deine Siesta nur für mich. Dich nackt sehen. Dich mit Küssen bedecken.«

Ich sah auf ihren Mund. Die unzähligen Dinge, die dieser Mund in zwei Sekunden dachte. Beinahe biss sie sich auf die Lippen, zog einen Schmollmund, drehte sich zur Seite, lächelte.

»Eine Freundin von mir arbeitet im Radisson an der Rezeption. Man könnte mich sehen. Ich habe dir ja schon gesagt, dass es in Montevideo viele Augen gibt.«

»Und was kümmert dich das, wenn du keinen Freund mehr hast?«

Was für ein Scheißsatz. Er warf sie in ihren Stuhl zurück. Die Intimität, die ich aufgebaut hatte, zerbrach. Ich versuchte zurückzurudern:

»Sag doch deiner Freundin, dass du ein Interview führen musst.«

»Mann, wer schreibt dir denn die Drehbücher?«

Ich lachte und lehnte mich ebenfalls zurück in meinen Stuhl. Es würde nicht einfach werden.

»Vergiss diesen grauhaarigen Typen.«

»Dieser grauhaarige Typ ist jünger als du. Wie alt bist du?«

»Vierundvierzig.«

»Er ist achtunddreißig, zehn Jahre älter als ich.«

»Ein alter Knacker! Und grauhaarig? Der ist am Ende.«

»Mir gefallen solche Typen, vom Leben verschlissen wie Jeans.«

»Ich bin auch schon ziemlich kaputt, bald bin ich tot, morgen sterbe ich, ganz sicher.«

Zumindest brachte ich sie zum Lachen, aber dann kam sie wieder zu Kräften.

»Du bist vom Leben verwöhnt«, sagte sie. »Ein Peter Pan, der für immer ein Kind bleiben will. Deshalb wirst du nicht älter.«

»Das liegt daran, dass ich auf dich warte. Ich schlafe in tiefgefrorenem Zustand, wie Walt Disney, während ich auf dich warte.«

»Mit vierzig werde ich dir nicht mehr gefallen.«

»Mal sehen, machen wir einen Test. Den hat sich ein Freund von mir ausgedacht. Ich nenne dir eine Figur, und du nennst mir den Namen des Schauspielers, der dir zuerst in den Sinn kommt. Okay?«

»Schieß los.«

»Batman.«

»Äh … Val Kilmer.«

»Gut!«

»Und was beweist das?«

»Dass wir zusammen sein können.«

»Weil?«

»Weil diese Regel besagt, dass du nicht mit jemandem zusammen sein kannst, von dem dich mehr als zwei Batmans trennen. Für mich ist Batman Adam West, der Psychedeliker in blauen Strumpfhosen aus den Siebzigern.«

»Und welche gibt es noch? Val Kilmer ….«

»Michael Keaton und der aus *American Psycho*, wie heißt der noch?«

»Christian Bale.«

»Genau der. Wenn du Christian Bale gesagt hättest, könnten wir nicht zusammen sein, dann lägen zu viele Batmans zwischen uns. Das sind ganz verschiedene Fantasiewelten, ohne jede Überschneidung. Unter dem, was der eine sagt, stellt sich der andere etwas ganz anderes vor.«

»Glaubst du wirklich, dass das so ist?«

»Nein.«

Der Geldgürtel drückte unangenehm auf meine Leiste, und ich versuchte, ihn ein wenig höher zu ziehen. Was sollte ich mit diesem ganzen Geld, wenn ich Guerra nicht haben konnte? Ich hatte nur noch den einen Wunsch: dass sie sich in mich verliebte. Doch sie hatte keinerlei Anzeichen gezeigt, dass sie mit mir ins Hotel gehen wollte, also beschloss ich, nicht weiter zu insistieren. So würde ich sie nicht überzeugen können. Ich musste auf mehr Zeit mit ihr setzen. Den Nachmittag. Gespräche. Alkohol. Loslassen, wie man sagt. Ich musste die Unabsichtlichkeit walten lassen. Nicht aufdringlich werden …

»Gehen wir ins Radisson, Guerra? Wir bestellen uns Champagner aufs Zimmer. Wenn du nicht willst, passiert gar nichts. Wir halten Siesta, in Löffelchenstellung.«

»Lucas …«

»Was denn, Magalí? Maga, du bist die Maga aus dem Roman von Cortázar. Daran hatte ich noch gar nicht gedacht. Und du bist Uruguayerin, genau wie die Maga!«

»Lucas, im Ernst. Kann ich ernsthaft mit dir reden?«

»Ja.«

»Plötzlich, von einem Tag auf den anderen, schickst du mir eine Mail, tauchst hier auf und willst, dass wir mir nichts, dir nichts ins Hotel gehen, um eine Nummer zu schieben. Am Abend nimmst du dann die Fähre zurück nach Buenos Aires …«

»Du hast recht, ich bin ein Tölpel, Tatsache ist, dass ich keine Zeit habe.«

»Natürlich hast du keine Zeit, nicht hier. Deine Zeit ist an einem anderen Ort, bei deiner Frau und deinem Kind. Du bist aus einer anderen Zeit.«

Eine Weile lang schaute ich sie nur an.

»Du hast mich auf die Matte geschickt, Guerra. Das ist uruguayisches Taekwondo. Du killst mich.«

Sie musterte mich, beobachtete die Wirkung ihrer Worte.

»Taekwondo macht man in Uruguay mit einer Thermosflasche unter dem Arm, stimmt's?«, sagte ich. »Und anderen Kampfsport auch: in der einen Hand Thermo und Mate, mit der anderen Angriff und Verteidigung. Die Extremsportarten genauso. Bungee-Jumping mit Thermo. Und die Chirurgen operieren mit der Flasche unter …«

»Hast du eigentlich gehört, was ich gesagt habe?«

»Ja … Irgendetwas über die Zeit.«

Guerra blieb ernst.

»Ich habe dir zugehört«, sagte ich. »Ich reiße aus reinem Pathos Witze, um meinen Tod zu leugnen. Ich will im Sterben meine Henker zum Lachen bringen.«

»Ich fand das, was in Valizas passiert ist, sehr schön, die Wanderung nach Polonio«, sagte Guerra. »Ich war total verschossen in dich. Aber dann haben wir uns nicht mehr gesehen. Ich habe keine Kohle, um nach Buenos Aires zu fahren. Und du tauchst hier ab und zu mal auf. Wir fangen wieder was miteinander an, dann fährst du zurück, wir werden uns monatelang Mails und Filmchen hin und her schicken, im nächsten Jahr stehst du plötzlich wieder vor mir … Ich bin schon verletzt, ich will nicht noch mehr leiden. Ich habe gar keine Angst, dass du mir wehtun könntest, aber ich will dich nicht vermissen. Ich will dich auf keinen Fall vermissen.«

»Du hast recht.« Ich sah ihr in die Augen und hob mein

Glas, um mit den Whisky-Eiswürfeln am Boden anzustoßen. »Ein letzter noch?«

»Okay, ein letzter noch.«

Wir bestellten noch einen Whisky. Cuco lag schnarchend auf den kühlen Bodenfliesen.

7 Doch der letzte blieb nicht der letzte. Wir tranken noch ein paar Gläser mehr. Ich lud Guerra ein und bezahlte einen Haufen Geld, den ich bald nicht mehr überblickte, weil meine taumelnden Rechenkünste es mir unmöglich machten, den Wechselkurs zu kalkulieren. Scheine mit dem Gesicht der Dichterin Juana de Ibarbourou. Ein anderer zeigte den Maler Figari und auf der Rückseite eines seiner Gemälde, eine Ballszene. Künstler auf den Geldscheinen, keine Nationalhelden. Würde in Argentinien irgendwann einmal ein Schein mit dem Gesicht von Jorge Luis Borges bedruckt werden?

Wir gingen mit Mr. Cuco spazieren (ich nannte ihn so, weil ich anfing, ihn zu mögen, diesen Hund). Guerra bat mich, sie zum Haus einer Freundin zu begleiten. Etwas von der Anspannung ließ nach, als wir Schulter an Schulter dahinliefen und nicht mehr am Tisch miteinander konfrontiert waren. Es war eine Erleichterung, den Tag zu zweit vorüberziehen zu sehen. Ich erinnere mich, dass ich an einer Ecke auf ihre Schulter mit diesem kurzen, tief ausgeschnittenen T-Shirt blickte.

»Ist das ein Bikini?«, fragte ich und zog sanft an dem elastischen Träger ihres hellgrünen BHs.

»Schhh!«, warnte sie mich. »Ein Sport-Bustier.«

Ich ging neben ihr und fasste sie fest um die Taille.

»So habe ich dich an dem Abend in Valizas festgehalten.«

»Das habe ich nicht vergessen. Ein Draufgänger.«

Wir hatten eine sehr begrenzte persönliche Mythologie. Einige wenige gemeinsame Anekdoten. Doch wir verschafften ihnen Geltung. Keine Ahnung, welche Straße wir nahmen. Auch wenn ich einen Blick auf den Stadtplan werfen würde, wüsste ich es nicht; es muss eine Parallelstraße zur Rambla gewesen sein. Wir sangen *Dulzura distante*, schlecht, ganze Teile auslassend. Und doch beide recht wohlklingend, vor allem in der letzten Strophe: »Fort, fort flog mein Schicksal, mein Leben vorbei in einem Augenblick. Wege kreuzten sich und deine ferne Anmut«. Obwohl wir manchmal durcheinanderkamen und »deine ferne Anmut« in der letzten Zeile sich wie »dein lauter Tumult« anhörte. Irgendwann steckte ich meine Hand in die Jackentasche und fand den Flyer des Tattoo-Studios.

»Ach«, sagte ich. »Genitalperforationen!«

Guerra sah sich den Zettel an.

»Na und?«

»Den Flyer hat man mir in der Avenida 18 de Julio gegeben.«

»Es heißt: in der 18ten. In der Avenida 18 sagt man nicht.«

»Entschuldige vielmals. Auf keinen Fall wollte ich die Regeln des Soziolekts von Montevideo verletzen! Ich werde mir eine Genitalperforation machen lassen. Dann kann mein Schwanz mit deinem Piercing mittels Telepathie kommunizieren.«

Guerra fing an zu lachen.

»Das möchte ich wiedersehen.«

»Was?«

»Dein Piercing.«

»Das hast du nicht gesehen.«

»Wie …?«

»Nein, du hast das nicht gesehen.«

»Na schön, nicht von Angesicht zu Angesicht, aber ich habe es gefühlt. Ich habe mir die Finger daran verbrannt.«

Das schönste Lächeln auf der ganzen Welt. Ein unverschämtes, schiefes, komplizenhaftes Lächeln.

»Ein Zimmer wartet auf uns«, sagte ich. »Ist es noch weit bis zum Haus deiner Freundin? Lass uns den Hund jetzt gleich losmachen und einfach weggehen. Wir nehmen ihm den Maulkorb ab, lassen ihn ein für alle Mal frei, dann kann er umherlaufen und kleine Kinder fressen, wie es ihm passt. Freiheit für Mr. Cuco!«

Guerra hatte etwas von einer Heldin an sich, wie sie den Hund ausführte, der an der Leine zerrte. Eine homerische Göttin mit ihrem Hirtenhund.

»Ich werde mir ›Mr. Cuco‹ auf die Schulter tätowieren lassen. Im Ernst.«

»Du wirst dir gar nichts tätowieren lassen. Hast du ein Tattoo?«

»Nein, aber ich meine es wirklich ernst, ich hätte gern eins.«

»Was zum Beispiel?«

»Eine Blume«, sagte ich. »Nein, besser ein Rosenblütenblatt mit einem Piercing.«

»Wie poetisch. Das wird deiner Frau gefallen.«

»Ja. Oder ich lasse mir ›Guerra‹ auf die eine Schulter tätowieren und auf die andere ›Paz‹. Krieg und Frieden.«

»Heißt sie so, deine Frau? Paz?«

»Nein.«

Das war alles, was ich Guerra über dich erzählt habe, Catalina. Mehr nicht, kein einziges Wort. Es lag eine gewisse Treue in meiner Untreue. Außerdem war ich sehr betrunken. All das geschah, während wir mehr schlecht als recht die Straße überquerten, im Stand der Gnade. Glücklicherweise bremsen die Uruguayer ab, wenn sie jemanden den Fuß auf den Zebrastreifen setzen sehen. In Buenos Aires wären wir längst überfahren worden.

Vor einem Haus, aus dem laute Musik drang, blieben wir stehen.

»Sie proben gerade«, sagte Guerra. »Wir müssen warten, bis sie eine Pause machen, sonst hören sie uns nicht.«

»Und was machen wir solange?«, fragte ich und drängte sie langsam gegen die Tür.

Sie ließ mich auf sich zukommen. Sah mich erwartungsvoll an. Ein langer Kuss, wie besinnungslos. Die Intimität mit ihr, aufs Neue. Die Entfernung eines ins Ohr geflüsterten Geheimnisses. Dieses Verschmelzen der Räume zu einem einzigen. Aus dem Fenster des Hauses drang eine Art Folkrock, stark verzerrt, mit einem sich wiederholenden Bass, energisch, und eine Frauenstimme schrie: »Ich hatte einen Liebsten, den ließ ich warten, und als ich wie-

derkam, erkannte ich ihn nicht, erkannte ich ihn nicht.«
Plötzlich hörten sie auf zu spielen, und wir standen immer
noch eng umschlungen, verwirrt von der Schwungkraft,
dem Zusammenprall.

»Cool bleiben«, sagte Guerra und legte mir eine Hand
auf die Brust. Sie hatte es zu uns beiden gesagt. Mit der
anderen Hand drückte sie auf den Klingelknopf. Eine
Stimme erklang aus der Gegensprechanlage:

»Wer ist da?«

Guerra antwortete:

»Ich bin's, Zitarrosa. Ich bin aus meinem Grab geklet-
tert, um euch den Hintern zu versohlen.«

»Ich komme!«

Die Freundin kam an die Tür. Eine winzige Person. Ich
fragte mich, ob sie die Sängerin war. Sie begrüßte mich,
ohne näher zu kommen. Der Hund lief ins Haus, als ob er
sich dort auskenne. Guerra bedankte sich bei ihrer Freundin und fragte sie, ob sie einen Joint oder sonst etwas hätte. Die Freundin antwortete: »Komm rein«, und Guerra
wandte sich mir zu.

»Warte kurz auf mich.«

Ich blieb allein draußen auf dem Bürgersteig. Die un-
erwartete Einsamkeit wirkte wie ein Spiegel. Ich war verrückt geworden, wegen zweier Küsse auf offener Straße
mit einer Zwanzigjährigen. Ich stellte mir mein erhitztes,
gerötetes Gesicht vor. Auch das wäre ein guter Moment
gewesen, um wegzugehen und heil aus meiner hormonell
gesteuerten Tagesordnung herauszukommen. Ich konnte
den Geheimnisvollen spielen, den Mann der Lüfte, den

Unsichtbaren. Mich in Lichtpartikel auflösen. Überall und nirgends sein. Aber nein. Ich blieb. Ich überließ mich meinem südamerikanischen Schicksal, setzte mich auf die Stufe vor der Haustür und beobachtete die vorbeifahrenden Motorräder, Autos und die Menschen. Guerra tauchte wieder auf.

»Kommst du mit mir, Pereyra? Ich muss noch etwas besorgen.«

Ich gab keine Antwort, aber ich erhob mich voller Energie, denn selbstverständlich würde ich sie begleiten. Guerra hatte ihren Hirtenhund abgegeben, doch nun hatte sie ja mich als ihr Schoßhündchen, das ihr begeistert überallhin folgte.

Sie erzählte mir, sie sei sofort nach dem Streit mit ihrem Freund in das Haus eingezogen, wo wir Mr. Cuco gerade zurückgelassen hatten. Sie war nur zwei Tage dort geblieben, weil die Proben sie verrückt machten. Die Band bestand nur aus Frauen und nannte sich *La Cita Rosa*, in Anspielung auf Alfredo Zitarrosa.

»Sie spielen gut, aber wenn man bei dem Krach nicht mitmacht, bekommt man ihn schnell über. Das hält man nicht aus.«

»Diese Coverversion klang nicht besonders gut«, sagte ich.

»Diese Version nicht«, erwiderte Guerra, »aber andere schon. Sie spielen wie Furien. Meiner Meinung nach müssten sie ein wenig runterkommen.«

»Wohin gehen wir, Guerra?«

»Zum Ende des Regenbogens, einen Schatz suchen«,

antwortete sie und holte den Joint hervor, den ihre Freundin ihr gegeben hatte.

Wie immer hustete ich bei den ersten Zügen wie ein Anfänger. Meine Lungen brannten. Guerra fragte mich, ob es mir gut gehe, ich bejahte mit einem Kopfnicken, trotz meiner feuchten Augen. In Uruguay war der Konsum von Marihuana vor Kurzem legalisiert worden. Ich war überrascht, dass man auf offener Straße rauchen konnte, ohne paranoid zu werden. Wir liefen bis zur Avenida und betraten eine Einkaufspassage. Guerra zog mich in einen Laden, in dem alte Zeitschriften verkauft wurden. Ich vermutete, dass Whisky und Joint sie verwirrt hatten.

»Wenn ich die nicht finde, bringen sie mich um.«

»Wenn du was nicht findest?«

Ich reihte mich in ihren Candombe-Tanz ein. Sie suchte Zeitschriften. Der Ladeninhaber ließ uns in Ruhe stöbern. Unzählige Stapel einer Sportzeitschrift mit dem Titel *Estrellas deportivas*.

»Such nach irgendeiner Ausgabe mit einem schwarzen Spieler im Trikot von Peñarol auf dem Cover.«

»Wie sieht das Trikot von Peñarol aus?«

»Kann nicht sein, dass du das nicht weißt. Schwarz und gelb. Konzentrier dich auf die Sechzigerjahre.«

Ich suchte die halb zerfledderten Zeitschriftenstapel durch. Lauter Gesichter von Spielern, mit Schnurrbart, pomadeglänzendem Haar, als Fußballer verkleidete Büroangestellte, die in gewagten kurzen Shorts posierten, Tore bejubelten, Bälle schossen oder in die Luft sprangen. Ich betrat eine Art Zeittunnel. Spieler vor der Zeit des Profifußballs und der Fitnessstudios, vor der Zeit der Werbung und der PlayStation, einige mit Bauchansatz, einer mit einem geknoteten Taschentuch auf dem Kopf. Sie ähnelten meinem Großvater, Ángel Pereyra, zu seiner Zeit als Diplomat in Portugal. Sie waren da. Beinahe meinte ich, die näselnden Stimmen der Radiosprecher zu hören, die die Spiele kommentierten. Mir schien, dass die Zeit auf dieser Seite des Flusses anders, nicht chronologisch, sondern eher allumfassend war. In Uruguay wohnen alle Zeiten zusammen. Der Ladeninhaber schien seit 1967 auf seinem Stuhl zu sitzen. Plötzlich hielt ich inne: das Foto eines Farbigen mit recht heller Haut, der inmitten von Bällen auf dem Rasen des Spielfeldes saß. Mir fiel wieder ein, wonach ich suchte.

»Hier ist einer, aber ich weiß nicht, ob der als Schwarzer durchgeht.« Ich zeigte Guerra die Zeitschrift.

»Spencer! Du bist genial.« Sie drückte mir einen Kuss auf die Wange. »Jetzt müssen wir noch Joya suchen. Auch ein Schwarzer.«

Das Radisson glitt langsam davon, immer weiter fort, wie ein Schiff. Guerra erzählte mir, dass sie von der Produktionsfirma, für die sie arbeitete, gebeten worden sei, Zeitschriften mit Titelbildern von Joya und Spencer aufzutreiben. So sollte der Film heißen: *Joya y Spencer*. Der eine stammte aus Peru, der andere aus Ecuador. Guerra fing an zu singen: »Joya und Spencer gehen Hand in Hand, zwei Brüder, die in den Himmel kommen.« Sie deutete ein paar Tanzbewegungen an. Und ich machte mit, aber so zaghaft, als würde ich nur im Inneren tanzen. Doch anscheinend war unser Pas de deux nicht so unsichtbar, wie ich dachte. Der Ladeninhaber beäugte uns unfreundlich und hüstelte, um auf sich aufmerksam zu machen. Unser berauschtes Herumwirbeln, die Drehungen in der staubigen Ruhe seines Ladens gefielen ihm nicht. »Ein Leichtes für die beiden, das Spiel mit dem Ball, einer mischt das Mittelfeld auf, der andere köpft die Dinger rein.« Guerra sang, und ihr Po vollführte dabei aufreizende Bewegungen.

»Warum gibt es in Buenos Aires keine Schwarzen?«, fragte sie, nachdem sie zu singen und zu tanzen aufgehört hatte.

»Es gibt schon welche. Die Sache ist die ... Dazu existieren viele Theorien, aber Guerra, ich mach mir gleich in die Hose.«

»Dann geh auf die Toilette!«

»Wo denn?«, fragte ich wie ein kleiner Junge.

»*Señor,* wo gibt es hier Toiletten?«, fragte Guerra über die Schulter hinweg.

»Am Ende der Passage«, antwortete der Mann, ohne auch nur den Blick zu heben und seine Beschäftigung zu unterbrechen.

Ich lief ans äußerste Ende des Ganges, noch hinter die letzten Läden. Auf dem Weg sah ich das Tattoo-Studio, einen Moment lang, im Vorbeigehen, aus dem Augenwinkel, aber es spukte mir weiter im Kopf herum. Vorsichtig stieg ich die Wendeltreppe hinab, die sich in die Dunkelheit wand. Möglich, dass sie mir aufgrund meiner labilen Verfassung endlos erschien. Wie ein Korkenzieher drängte ich in die Tiefen der Erde hinab. Das waren Katakomben, diese Toiletten. Ich weiß nicht mehr, was mir während meiner langen, betrunkenen Pinkelei alles durch den Kopf ging, eine Hand auf die Kachelwand gestützt. Das Marihuana spann spontane Theorien, die ich genial fand, aber sobald ich versuchte, sie festzuhalten, um mich später daran zu erinnern, lösten sie sich in Luft auf. Mir fiel etwas zu den Schwarzen ein; ich schien alles zu begreifen, es war wie ein nicht übertragbarer Scharfblick. Das Licht, in das man aus Energiespargründen einen Zeitschalter für schnellere Besucher als mich eingebaut hatte, ging plötzlich aus.

Noch heute fühle ich mich in diesem Dienstag gefangen, wie in *Und täglich grüßt das Murmeltier*. Ich gehe ihn immer wieder durch, vertiefe mich darin, vergrößere ihn in der Erinnerung, lasse die einzelnen Momente in meinem Kopf wachsen. Ich achte darauf, nichts hinzuzufügen, das nicht stattgefunden hat, und doch ergänze ich unabsichtlich Blickwinkel, Einstellungen, Perspektiven, die ich in jenem Moment nicht gehabt habe, weil ich durch mein Leben ging wie alle anderen auch, ich raste, und ich taumelte. Und jetzt lerne ich wie besessen die Lieder auswendig, von denen ich an jenem Nachmittag Ausschnitte hörte, und suche Vergrößerungen der Geldscheine, mit denen ich bezahlte, ich betrachte sie eingehend, als ob ich sie fälschen müsste, ich sehe, dass auf der Rückseite des Tausend-Pesos-Scheins eine Palme abgebildet ist, die Palme von Juana de Ibarbourou, die in der Rambla de Pocitas steht, in der Nähe der letzten Wohnstätte der Dichterin, ich vertiefe mich in die gezeichnete Palme, tauche in die Tintenlandschaft ein, suche die Palme in Google Street View, schaue mir unter der Lupe die Orte an, die Dinge, die ich gesehen habe, die Minuten jener Stunden, wie ein Toter, dem man erlaubt hat, sich einen einzigen Tag seines Lebens ins Gedächtnis zu rufen. Und während ich meinen wohlklingenden Strahl in der Dunkelheit in die Toilette richtete und Erleichterung mich durchströmte, spürte ich, dass ich alles verstand, obwohl es sicherlich mehr ein Gefühl war als ein wirkliches Verstehen. Doch das macht nichts. Vor meinen Augen drehte sich alles, und in gewisser Weise hing meine Theorie mit der Rotation zusammen.

Der erste Funke entzündete sich ganz plötzlich, als Guerra dort oben tanzte und ich eine langsame, kaum merkliche Linksdrehung machte. Daran dachte ich. Und daran, wie sehr ihr meine Tanzbewegung gefallen hatte. Mir fiel etwas ein, was ich irgendwo einmal gelesen hatte: Anthropologen hatten eine Studie zu Tanz und Bewegung durchgeführt. In der Hauptsache wurde untersucht, wie Frauen auf Männer reagierten, nachdem sie sie tanzen gesehen hatten. Welchen Mann wählten sie dann aus? Eine der Schlussfolgerungen lautete: Frauen aller Kulturen ziehen Männer vor, die sich öfter um ihr linkes Bein drehen als um ihr rechtes. Die Drehung nach links ist verführerischer als die Drehung nach rechts. Wie kann das sein? Als ob es ein bestimmtes Verhalten einer Zelle gäbe, aus der Zeit, als wir alle noch die Größe einer Bakterie hatten und sich sämtliche Optionen in der Drehung zur einen oder zur anderen Seite erschöpften. Ich hatte diese Drehung vollführt und Guerra zum Lachen gebracht, dann ging ich auf die Toilette, und die Treppe wand sich nach links. Ich betrat die Spirale, meine Spirale. Deine Spirale, Cata. Noch ein Kind bekommen oder nicht. Vielleicht eine Tochter. Ich dachte an eine Tochter, ich glaube, zum ersten Mal in meinem Leben. Eine Tochter! Ich könnte eine Tochter haben. Ich dachte an Matroschkas, eine Frau im Inneren einer Frau im Inneren einer Frau, ich dachte an die lange Abfolge sexueller Begegnungen, die uns hierhergebracht hatte, in meinem Fall eine Reihe von Spaniern und Spanierinnen und Portugiesen und Portugiesinnen, die miteinander schliefen, und einige keltische Iren und Irinnen mütterlicherseits, die sich Geilheiten ins Ohr flüsterten, verliebte Obszönitäten, sich befruchteten und einer des anderen Herz verschlangen. Woher kam und wohin führte meine Spirale? Was war das, dieser afrikanische Bass, dieser Pulsschlag, den Guerra so perfekt für ihren Miniatur-Candombe übernommen hatte und der mir nicht mehr aus dem Kopf gehen wollte? Der Peñarol der Schwarzen. Diese tiefe Trommel, die die anderen hohen Trommeln polarisiert, beinahe kehlig klingend, dieser Tanz, als ob der Sand unter den Füßen brennt. Das Tier, das ich war, würde keine weiteren Kinder haben? War es bereits am Ende seiner reproduktiven Mission angekommen? Ich befand mich genau in der Mitte meines Lebens, bis hierhin hatte das Seil gereicht, das hier war der äußerste Rand, das Ende des Regenbogens, das Ende der Fahnenstange, ab jetzt ging es nur noch zurück, die Treppe in entgegengesetzter Richtung hinaufsteigen, mich nicht ein-, sondern auseinanderrollen. Aus irgendeinem Grund war es mein Schicksal gewesen, den kühlen Knopf der Toilettenspülung in diesem Kellergeschoss in Montevideo zu drücken, ein geheimer Knopf, der einen kaum wahrnehmbaren Mechanismus auslöste und den schwarzen Wasserstrudel in Gang setzte, das Brüllen des Toilettenlöwen, vor dem ich mich als Kind so gefürchtet hatte … In diesem Moment war ich nur ein pinkelnder Betrunkener, das ist wahr, und zugedröhnt, aber in Ekstase angesichts meines großen persönlichen Abends, meiner Sterne wie Drachen am Himmel, in einem Wirbel gefangene Kometen, angesichts der Erdrotation, der Möglichkeit, in der vollkommenen Dunkelheit, aus dem Fenster des Augenblicks schauend, das unendliche Schauspiel des Kosmos zu sehen. Ich schüttelte die letzten Tropfen ab, schloss meine Hose und tappte im Dunkeln, bis ich den Lichtschalter fand.

Langsam stieg ich die Treppe hinauf und betrat, halb blind im Schein der Neonröhren, das Tattoo-Studio. Ein kahlköpfiger Typ mit Bart begrüßte mich. Er musste seine Beschäftigung am Computer unterbrechen.

»Was kostet eine einfarbige Tätowierung hier auf der Schulter?«

»Kommt auf den Schwierigkeitsgrad an«, sagte er.

»Etwas Einfaches …«

»Also … um die 1500 Pesos, ungefähr.«

»Und wie lange brauchst du dafür?«

»Das kann eine halbe Stunde dauern, oder auch eine ganze. Ich sag dir ja, das hängt vom Schwierigkeitsgrad ab.«

Ich fragte ihn, ob er mir Kriegssymbole zeigen könne. Ich wollte mir ein geheimes Ideogramm tätowieren lassen, eine Erinnerung an Guerra. Der Mann zeigte mir einige Ringbücher voller chinesischer Zeichen, die mich aber nicht überzeugten. Die keltischen Symbole gefielen mir besser. Davon gab es sehr viele, einige so verworren und verwoben wie mittelalterliche Buchmalereien. Andere waren schlichter. Als ich die Triskele sah, dachte ich: Das ist es. Drei miteinander verbundene Spiralen. Das ergab Sinn, zusammen mit meinen unterirdischen Intuitionen, als wäre ich nach oben gekommen, um genau dieses Bild zu suchen, in dem Bewusstsein, dass es da war.

Die Tätowierung kostete mich 1200 Pesos (Juana de Ibarbourou und Pedro Figari mit runder Brille und verärgertem Gesicht). Schätzungsweise um die vierzig Dollar.

»Rechte oder linke Schulter?«

»Linke.«

Er druckte das Symbol und klebte es mir mit einer abwaschbaren Farbe auf die Haut, um zu sehen, wie es mir stand. Ich betrachtete meine Schulter im Spiegel. Es stand mir gut. Er bat mich, mein T-Shirt auszuziehen. Guerra erschien, sie hatte mich gesucht. Als sie mich in dem Tattoo-Studio entdeckte, lachte sie.

»Dich kann man ja nicht mal eine Minute allein lassen, Pereyra.«

»Ich lasse mir ein Herz tätowieren, auf dem ›Guerra‹ steht.«

»Nein, das darfst du nicht zulassen«, sagte sie zu dem Tätowierer. »Er ist betrunken.«

»Oder besser noch *Dulzura distante.*«

Guerra beugte sich vor, um auf meine Schulter zu blicken, und sah die gemalte Triskele.

»Das ist hübsch!«, sagte sie.

»Hast du wirklich geglaubt, ich würde mir deinen Namen eintätowieren lassen? Ich brauche eher ein Tattoo, das mir hilft, dich zu vergessen, ein Anti-Tattoo. Wie sieht ein Tattoo aus, mit dem man eine Frau vergessen kann?«, wandte ich mich an den Tätowierer.

Der Typ lächelte und fuhr mit seiner Arbeit fort, ohne mir eine Antwort zu geben. Es tat nicht sehr weh, es waren viele kleine, schnell aufeinanderfolgende Einstiche. Plötzlich packte Guerra den Gummizug des Geldgürtels, der jetzt, ohne T-Shirt, aus der Hose herausschaute.

»Und das hier?« Sie entfernte sich einige Schritte, damit mich das Gummi schmerzhaft am Rücken traf.

»Schhh!«, sagte ich. »Das ist mein Sport-Bustier.«

Ich versuchte, den Gummizug in der Unterhose zu verstecken. Doch der Tätowierer bat mich, stillzuhalten, und mein plumper Versuch, mein Geld zu verbergen, blieb weiterhin offensichtlich.

Mein Handy vibrierte. Ich dachte, es wäre ein weiterer Hinweis auf meinen leeren Akku, doch es war deine Nachricht: »Wer ist Guerra?« So ein Mist. Mein erster Gedanke war: Woher weiß sie das? Es schien mir unmöglich. Ich war high und stellte mir eine Art Telepathie der Haut vor, als ob meine Haut mit deiner kommunizierte, sodass du etwas gespürt hattest, das einen Alarm in dir auslöste. Lächerlich. Guerra blickte mich prüfend an.

»Geht es dir gut?«

»Ja.«

»Tut es sehr weh?«

»Nein.«

»Wie lange dauert es noch?«, fragte ich den Tätowierer.

»Zwanzig Minuten«, antwortete er.

Guerra verließ den Laden, um im Gang der Einkaufs-passage zu telefonieren. Ich begriff, dass du ihre Mail ge-sehen hattest. Aber du wusstest nicht, ob es sich um eine Frau oder einen Mann handelte, denn ihre E-Mail-Adres-se besteht nur aus ihren Initialen und einer Zahl, ich sprach sie mit Guerra an, und sie unterschrieb nicht oder setzte nur ein M für Magalí unter ihren Text. Ich war ver-unsichert. Vorsichtshalber formulierte ich meine Antwort so neutral wie möglich: »Von der Gruppe, die mich nach Valizas eingeladen hat.« Ich schrieb nicht, ob es sich um eine Frau oder einen Mann handelte. Das war hinterhältig, aber es war das Erste, was mir einfiel, während ich ver-suchte, Zeit zu gewinnen, um über eine mögliche Erklä-rung nachzudenken. Meine Nachricht wurde verschickt, und das Handy schaltete sich aus, der Akku war endgültig leer.

Was für ein Desaster. Du hattest mich mehr als ein Mal im Schlaf »Guerra« sagen hören. Welche Erklärung würde ich dir geben? Dass ich ständig den Nachnamen eines Uruguayers wiederholte, der Guerra hieß? Dass ich mich in einen Juan Luis Guerra oder einen Maximiliano Guerra verliebt hatte? Wie sollte ich da nur wieder rauskommen? Ich konnte so tun, als wäre es für mich selbst ein Rätsel.

Also, ich weiß auch nicht, warum ich das ständig wiederhole. Doch es war und blieb verdächtig: Deine Frau hört dich nachts »Guerra« sagen und findet dann heraus, dass du dich mit einer Person gleichen Namens triffst. Ich verstehe, dass dich das argwöhnisch gemacht hat. Außerdem stand in der Mail auch noch »am selben Ort wie letztes Mal«. Es hätte ein zweites Treffen mit einem der Organisatoren des Festivals sein können. Ich musste mir eine gute Erklärung für dich ausdenken, bloß nichts Unzusammenhängendes.

Die Tätowierung begann allmählich zu schmerzen. Nicht die Nadel, sondern der Lappen, mit dem der Typ mir immer wieder über die Schulter fuhr, um die überschüssige Tinte fortzuwischen. Ich dachte an meinen Laptop. Wenn du den gehackt hattest, wurde es heikel. Vielleicht hattest du die Mail auch auf dem Tablet gesehen. Mir fiel ein, dass Maiko am Vortag darauf bestanden hatte, seine Zeichentrickfilmchen zu sehen, als ich eine Nachricht auf dem Tablet beantwortete, woraufhin ich YouTube geöffnet hatte. Möglicherweise hatte ich vergessen, mein E-Mail-Konto zu schließen. Dienstags kamst du früher nach Hause. Vielleicht hattest du das Tablet genommen und dich in den Sessel gesetzt, um dir deine Lieblingsbilder auf Pinterest anzuschauen oder deine Mails zu checken, und hattest mein Gmail-Konto offen vorgefunden. Blöd von mir. Und blöd von dir, dass du meine privaten Nachrichten gelesen hattest.

Guerra lief mit dem Telefon am Ohr den Gang auf und ab. Sie sah genervt aus, gestikulierte wild mit der freien

Hand. Jemand wurde wüst von ihr beschimpft. Stritt sie sich mit ihrem Vater oder ihrem Exfreund? Bald wurde sie stiller, sprach kaum mehr ein Wort, die Augen gerötet. Ich fragte den Tätowierer, ob er noch lange brauche. Er verneinte, er müsse nur noch das Innere der Figur etwas auffüllen, dann sei er fertig.

»Mann, wie die Laune hier gekippt ist«, sagte er kurz darauf. »Erst habt ihr euch kaputtgelacht, und jetzt herrscht Grabesstimmung.«

»Es ist nichts«, erwiderte ich. »Alles gut.«

Als er fertig war, säuberte er meine Schulter und deckte die Tätowierung mit einer quadratischen Folie ab, die er mit Pflasterband befestigte. Er gab mir noch ein paar Ratschläge, wie ich die Haut in den ersten Tagen pflegen solle. Ohne ihm zuzuhören, zog ich mein T-Shirt an, bezahlte und verließ den Laden.

8 Draußen vor der Ladenpassage sagte Guerra, es gehe ihr gut, alles sei in Ordnung, sie habe sich am Telefon nur mit der Produktionsleiterin herumgestritten. Ich wusste nicht, ob ich ihr glauben sollte.

»Und die Zeitschriften?«

»Reine Abzocke, was der Alte da macht. Ich habe sie ganz unten in den Stapel gelegt, ich gehe sie kaufen, wenn die Produktion mir das Geld gibt. Zumindest weiß ich jetzt, wo ich sie bekomme.«

Sie wollte sehen, wie die Tätowierung geworden war. Ich zeigte sie ihr. Wir sahen uns an, wussten aber nicht, was wir sagen sollten. Guerra hatte den traurigsten Gesichtsausdruck, den ich je in meinem Leben gesehen hatte.

»Dir geht es gar nicht gut, Guerrita. Komm schon, lass uns gehen.«

Ich legte ihr einen Arm um die Schultern, und wir gingen los. Die Avenida, die ich am Morgen so begeistert entlanggekommen war, war jetzt eine andere, hektischer, keine Sonne, alles grauer, weniger einladend. Eine Weile sprachen wir kein Wort. Schließlich sagte Guerra:

»Du tust mir gut.« Sie schmiegte sich an mich.

Wohin gingen wir? Wir betraten einen kleinen Laden

und begannen, Sachen zusammenzusuchen. Wegen des Joints waren wir unterzuckert, und unsere Körper verlangten Abhilfe. Guerra lief ganz nach hinten. Als sie zurückkam, hielt sie etwas in der Hand.

»Jetzt werd ich dir mal zeigen, was gut schmeckt, *argentinito*«, sagte sie und zeigte auf das *alfajor*-Gebäck, auf dessen Verpackung ein Mädchen mit Kopftuch abgebildet war, das ihr ein wenig ähnelte. Ich nahm Bonbons, ein paar Lutscher und Schokolade.

Auf der Straße packten wir die Süßigkeiten aus und verspeisten sie hingebungsvoll. Ihr Lächeln kehrte zurück.

»Man müsste einen Laden aufmachen und ihn *Schmachtbude* nennen«, sagte ich.

»Super Idee!«

»Das Paradies der Kiffer. Mit Süßigkeiten zum Kombinieren, wie in der Eisdiele. Ein kleiner Becher *Dulce de Leche* mit M&M's. Schokolade mit Gummibärchen ...«

»Ein Lutscher mit Schokoladenherz«, schlug Guerra vor.

»Genial, da ist noch keiner drauf gekommen.«

»Aber ich würde den Laden *Sugar* nennen.«

Einige Straßenecken weiter sprachen wir noch immer über das Projekt. Plötzlich blieb mein Blick wie hypnotisiert an einer Ukulele im Schaufenster eines Musikgeschäfts hängen. Ich blieb stehen. Sie war wunderschön, wie eine kleine Gitarre.

»Was hast du denn da entdeckt?«

»Die muss ich meinem Sohn kaufen«, dachte ich laut und zeigte auf die Ukulele. Ich war wie gelähmt.

»Dann kauf sie ihm«, sagte Guerra.

Wir gingen in den Laden. Der Verkäufer trat auf uns zu. Ein Glatzkopf mit Bart, der mir sehr bekannt vorkam. Es war der Tätowierer.

»Habe ich mir nicht gerade bei dir ein Tattoo stechen lassen?«, fragte ich ihn verwundert und sagte zu Guerra gewandt: »Ist er nicht der Typ, der mir das Tattoo gemacht hat?«

»Ja!«, erwiderte sie.

»Drüben bei Dermis, in der Passage?«, fragte er.

»Genau ...«

»Das ist mein Bruder.«

»Dein Bruder?«

»Zwillingsbruder.«

Wir freuten uns über den Zufall. Wie groß ist die Wahrscheinlichkeit, sich von einem Typen ein Tattoo stechen zu lassen und danach, vollkommen ahnungslos, direkt zu dem Geschäft ein paar Häuserblocks weiter zu gehen, wo der Zwillingsbruder Musikinstrumente verkauft? Das hängt wohl von der Entfernung zwischen den Läden ab, der Größe der Stadt, den Wahlmöglichkeiten, die man dort hat, der Verbindung zwischen den beiden Jobs ... Vielleicht gehören Musik und Tätowierungen derselben Welt an, und ihr Zusammentreffen war im Grunde gar nicht so seltsam. Ich zeigte ihm das Tattoo: Es war blasser geworden, und unter der trüben Folie zeichneten sich ein paar Blutstropfen ab. Der Verkäufer war halb amüsiert, halb genervt von dem Zwillingsthema. Ich bat ihn, mir die Ukulele zu zeigen, und probierte sie aus. Ihr Klang war sehr gut. Dazu gab es ein Heft, mit dem man einfache Akkorde und verschiedene Stimmweisen lernen konnte. Das Instrument kostete mich einhundertfünfzig Dollar. Ich trug es in der Hand, ohne eine Tasche oder Schachtel. Wie es aussah, war ich dabei, auch noch die gesamte Kohle zu verschleudern. Hotel, Mittagessen, Tätowierung, Ukulele ... In kürzester Zeit hatte ich mehr als fünfhundert Dollar ausgegeben.

»Wohin gehen wir?«, fragte ich Guerra auf dem Bürgersteig, während ich versuchte, den Saiten einen Ton zu entlocken.

»Zum Ramírez, da rauchen wir diesen Joint fertig«, sagte sie und zeigte mir die übrig gebliebene halbe Tüte. »Hast du noch Zeit?«

»Was ist der Ramírez, ein Platz?«

»Nein. Der Strand, gleich hier um die Ecke.«

»Hm, wie spät ist es denn? Mein Handyakku ist leer.«

»Fünf«, sagte sie.

»Dann habe ich noch etwas Zeit. Um sechs treffe ich mich mit einem Freund.«

»Du hast mich satt, Pereyra, du konntest mich nicht abschleppen, also haust du ab.«

»Stimmt. Ein Fiasko, diese Uruguayerin ... Nein, im Ernst, ich treffe mich mit meinem ehemaligen Professor. Enzo Arredondo.«

»Schreibt er für *El País*?«

»Ich glaube, ja, oder für *El Observador*, ich weiß nicht mehr genau. Es ist eine Beilage, aber ich habe vergessen, von welcher Zeitung.«

»Ich glaube, ich kenne ihn. Was lehrt er denn?«

»Er ist eher ein Guru. Er hat mal einen sehr ungewöhnlichen Workshop in Almagro gegeben, in den Neunzigern in Buenos Aires, da bin ich eine Zeit lang hingegangen. Man durfte alles machen, außer mit seinen eigenen Worten zu schreiben. Man musste Ausschnitte aus dem Radio aufnehmen und sie bearbeiten, Trailer zu alten Filmen schneiden, Gedichte aus den Schlagzeilen der Tageszeitungen verfassen, Verkehrslärm oder Gespräche auf der Straße aufzeichnen, ganz bestimmte Dinge fotografieren: Schuhe, Schultern, Wolken, Bäume, Demonstrationen, Radfahrer, die Leute aus deinem Wohnblock.«

»Und man durfte nicht schreiben?«

»Keinen Text mit deinen eigenen Worten, nein. Du konntest Geschichten mit Fotos erzählen. Menschen in deinem Viertel interviewen, sie fragen: Hattest du schon mal einen Gipsverband? Welche Ecke der Welt würdest du gern kennenlernen? Und diese Fragen hast du dann der koreanischen Verkäuferin im Supermarkt gestellt, dem Gemüsehändler, einfach allen. So hat man gelernt, hinzusehen und zuzuhören. Man musste eine Tarot-Kartenlegerin besuchen oder eine evangelische Kirche, eine Tagung von Ufologen …«

»Seltsamer alter Mann.«

»So alt ist er gar nicht! Er muss so um die siebzig sein. Möchtest du mitkommen und ihn kennenlernen?«

»Ich kann nicht, ich habe später noch ein Produktionsmeeting in Pocitos.«

»Wo wohnt dein Vater eigentlich, Guerra?«

»Da in der Nähe.«

»In Pocitos?«

»Ja.«

»Dann gehörst du also zur Schickeria von Pocitos?«

»Was? Hör auf, ich bin doch keine verwöhnte Tussi.«

»Du tust so, als wärst du die Prolo-Vorstädterin, die Transkulturelle …«

»Mittelschicht, ›mit Aufstiegsbestrebungen‹, wie meine Mutter immer gesagt hat. Der einzige Snob hier bist du.«

»Aber ich lebe damit. Wart mal ab, was für eine Spießerin du mit fünfundvierzig sein wirst. Ich seh dich schon vor mir.«

»Mag sein«, erwiderte sie leicht gekränkt und zündete den Joint an.

Diesmal hustete ich nicht. In einer Hand hielt ich die Ukulele und das Gebäck, in der anderen den Joint.

»Das *alfajor* schmeckt herrlich.«

»Hab ich es dir nicht gesagt? Allererste Sahne, aus Las Sierras de Minas.«

»Aber da ist doch gar keine Sahne drin …«

»Nein, allererste Sahne sagt man, wenn …«

»Ich zieh dich nur auf.«

»Soso. Da haben wir wohl einen Clown verschluckt«, sagte Guerra mit der Stimme einer gekränkten Lehrerin.

Wir brachen in Gelächter aus. Sie erzählte mir von einer Lehrerin ihrer Schule, die das immer gesagt hatte, wenn ein Schüler Blödsinn machte.

Ich fühlte mich gut mit Guerra und wollte nicht, dass der Nachmittag vorüberging.

»Wo ist denn der Strand? In Valizas, Bohnenstange? Ich kann nicht mehr.«

»Da vorn biegen wir in die Calle Acevedo ab und laufen runter bis zum Strand.«

»In welchem Viertel sind wir hier überhaupt?«

»Cordón.«

Wir gingen an einem alten Gebäude entlang und bogen ab. Heute weiß ich, dass es die Universidad de la República war, wir also einen Augenblick lang innerhalb eines Fünfhundert-Pesos-Scheins wanderten, auf dem das Gebäude in blauer Farbe zu sehen ist. Die Bäume wurden ungeheuer groß. Riesige Platanen. Ich spürte den Luftraum des Häuserblocks, wie eine Kathedrale, die über uns erstrahlte. Im Hintergrund sah man den Strand. Ich warf einen eingehenden Blick auf das Straßenschild, und da fiel es mir ein:

»Hier spielt eine abgefahrene Szene von Onetti. Ich glaube, das ist hier. Der Mann lässt seine Frau in einem weißen Kleid spazieren gehen. Sie steigt aus dem Bett und geht diese Straße hinunter, und er beobachtet sie von dort, von der Uferpromenade aus.«

Guerra sah mich irgendwie neugierig an. Ich fuhr fort:

»Er hat sie einmal als junge Frau auf sich zukommen sehen und beschreibt, wie wunderschön sie in diesem Moment war, mit dem Kleid im Wind. Jahre später zwingt er sie dazu, in der Nacht aufzustehen und ihn an genau diesen Ort zu begleiten, um hier immer wieder auf die gleiche Weise entlangzuspazieren, als suche er ihre Jugend. Aber die ist nicht mehr da, inzwischen ist ihre Miene verbittert, sie ist keine junge Frau mehr. ›Da war nichts zu machen, und so gingen wir nach Hause‹, so endet der Absatz. Ein Schuft. Von da an ist sie nicht mehr die Caro, sondern Carolina.«

»Die Ceci«, korrigierte mich Guerra. »Cecilia Huerta de Linacero.«

»Ach, du lässt mich hier ganz umsonst reden. Magst du Onetti?«

»Vor allem mag ich *Der Schacht*.«

»Ich hätte dich nicht für eine Onetti-Leserin gehalten. Du steckst voller Überraschungen.«

»Siehst du? Mir scheint, du unterschätzt mich etwas, Pereyra.«

»Vielleicht hast du recht. Aber ich lerne dich immer besser kennen. Wenn man es bedenkt, haben wir uns auch erst ein paar Mal gesehen. Als du heute aufgetaucht bist, war es beinahe ein Schock für mich. Nachdem ich so lange ein Bild von dir vor Augen hatte, das ich in meinem Inneren erschaffen hatte.«

»Fandst du mich hässlich?«

»Nein, im Gegenteil, superhübsch und sexy, aber wie von meiner Erinnerung überholt. Viel zu real und außerhalb meiner Manipulationskraft. In den vergangenen Monaten hatte ich dich in meinem Kopf und konnte zurückspulen oder vorspulen oder den Film einfach anhalten. Ich habe die Mails, die du mir geschickt hast, geöffnet und wieder geschlossen. Man ruft die Erinnerung wach, belebt sie wieder … Und als ich dich heute gesehen habe, war das, als ob du meine Erinnerung an dich überlagern würdest, du hast sie einfach weggeschubst.«

»Das ist ziemlich schrecklich.«

»Nein, überhaupt nicht, es ist faszinierend. Im Ernst. Der Whisky hat dann alles zusammengefügt. Du bist wieder zu einer einzigen Person geworden. Es ging darum, dich zu hören und zu sehen. Deshalb sage ich, dass ich dabei bin, dich kennenzulernen. Das gefällt mir.«

»Was?«

»Dich kennenzulernen.«

»Du bist ein Süßholzraspler, Pereyra. Wahnsinn. Dein Hirn dreht ständig Pirouetten.«

Auf einmal spürte ich die Meeresbrise. Ich blickte in die Ferne.

»Warum nennt man das hier Fluss, wenn es doch das Meer ist?«

»Es ist beides«, sagte sie. »Das richtige Meer beginnt in Punta del Este, sagt man. Aber hier sieht es an Tagen mit mehr Salzwasser eher grün oder blau aus, und an anderen Tagen ist es ziemlich braun, und dann ist es eher Fluss.«

Bevor wir zum Strand hinunterstiegen, standen wir gegen das Geländer gelehnt. Hinter den Wellenbrechern waren Kitesurfer unterwegs, mit bunten Segeln, die wie Gleitschirmflieger umherschweiften.

»Guerra, ich will dir etwas sagen.«

»Was?«

»Ich will nicht dein schwuler Freund sein.«

Ich sah sie an.

»Lach nicht, Dummerchen, im Ernst. Ich will nicht der

gute Freund sein, an den du dich gefahrlos anschmiegen kannst. Der einfühlsame Ratgeber, bei dem du immer ein offenes Ohr findest. Es ist schön, dass ich dir guttue, aber ich will nicht nur das. Ich bin kein Teddybär.«

»Hey, du tickst wohl nicht richtig. Erstens: Meine Homo-Freunde sind die schlechtesten Ratgeber der Welt. Wenn es nach ihnen ginge, würde ich den ganzen Tag lang mit sieben Typen gleichzeitig vögeln. Meine Fehlgriffe interessieren die nicht die Bohne. Und zweitens ... Zweitens ... Ich weiß nicht mehr, was zweitens war. Dieser Joint ist ziemlich stark.«

Ich gab ihr einen Kuss, und während wir uns küssten, fuhr sie mir mit der Hand über den Nacken und versetzte mir eine Art Stromschlag durch den ganzen Rücken. Ich wurde neu formatiert. Ich vergaß alles, selbst meinen Namen. Wir umarmten uns, und als ich die Augen öffnete, sah ich etwas Seltsames am Himmel. Zuerst hielt ich es für eines der Kitesegel, aber es war größer.

»Schau mal da!«

Es war wie ein riesiger Rhombus, der zu vibrieren schien, oder zu funkeln, hoch über der Wasseroberfläche, seewärts.

»Was ist das?«

»Der Kellner in der Bar von heute Mittag hat mir erzählt, dass sie gestern etwas Ähnliches gesehen haben. Ich dachte, er nimmt mich auf den Arm.«

»Lucas, was ist das?! Das macht mir Angst. Was könnte das nur sein?«

In der Mitte war es dunkler und an den flatternden Rändern eher rötlich. Es hatte etwas von einem Schmetterling. Plötzlich war es nicht mehr da. Wir suchten den ganzen Horizont danach ab, aber es tauchte nicht wieder auf. Wir konnten nicht glauben, was wir da gesehen hatten.

»Haben wir etwa halluziniert?«, fragte Guerra.

Ein Mann lief mit schnellen Schritten an uns vorüber, im Jogginganzug, und ich sprach ihn an:

»Entschuldigung, haben Sie das rötliche Licht gesehen, wie ein Rhombus dort am Himmel?«

Der Mann blieb stehen, und ich musste meine Frage wiederholen, da er Kopfhörer aufhatte.

»Ja, hab ich. Das muss ein Wetterphänomen sein, würde ich sagen. Oder ein Experiment der Yankees. Die fahren hier immer mal wieder mit Kriegsschiffen herum und treiben seltsame Dinge«, sagte er und joggte weiter.

Wir gingen zum Strand hinunter und liefen ohne Turnschuhe am Ufer entlang. Oder genauer gesagt: ohne Sneakers. Guerra meinte, vielleicht sei es ein Kraftfeld oder ein Portal gewesen, das sich öffne und schließe.

»Und wer erzeugt es? Wozu nützt es?«

»Es erzeugt sich selbst. Es ist pure Energie.«

»Aber was passiert, wenn man es durchschritten hat?«

»Was weiß ich? Keine Ahnung.«

»Weißt du, wie das aussah? Du wirst sagen, dass ich nicht ganz dicht bin ...«

»Ja!«

»Eine Muschel!«, sagte ich.

»Stimmt! Das war die Muschel aller Muscheln!«, rief Guerra.

»Die Muschel Gottes!«, rief ich.

Wir ließen uns in den Sand fallen. Zwei zugedröhnte Birnen auf ihrem Streifzug durch die Welt. Die verblüffende, unverständliche Welt. Es war fast niemand am Strand. Hin und wieder jemand mit einem Hund. In der Ferne ein Kind, das im Sand buddelte. Wind kam auf, und mir wurde kalt. Wir standen auf und setzten uns an die Strandmauer.

Dort im Windschatten ging es uns gut. Guerra nahm sich einen Lutscher. Ich versuchte, der Ukulele *Zamba por vos* zu entlocken, das die Mädchen von La Cita Rosa so ramponiert hatten, aber ich kannte die Akkorde nicht, und meine Gitarrenkenntnisse verwirrten mich mehr, als dass sie mir halfen. Heute spiele ich das Lied fehlerfrei, mit Fingerpicking, und jedes Mal, wenn ich es singe, sitze ich wieder neben Guerra und beeindrucke sie mit meiner Version: »Nicht ich bin es, der für dich singt: Es ist die Zamba.«

Meine Versuche klangen jämmerlich. Ich interessierte mich mehr für Guerra, die auf ihren Lutscher konzentriert war. Ich holte meinen hervor. Ihrer war lila, meiner rot. Beide kugelrund. Und schon ging es los: Schmeckt der nach Traube? Gib mal her. Und deiner? Lass mal sehen. Wir tauschten die Lutscher. Und einen Kuss mit Erdbeergeschmack, einen weiteren mit Traubengeschmack. Mehr Küsse, viele zärtliche Küsse, im Schutz der Mauer, die zusammen mit einer Steintreppe eine Nische bildete. Wir blieben auf der Seite im Sand liegen. Du machst mich fertig, Guerra. Immer landen wir beide im Sand. Und ich schreibe das so, weil das keine ordentlich gesprochenen Dialoge waren, einer nach dem anderen, sondern nur Worte ins Ohr, ohne Zwischenraum. Ein einziger geflüsterter Atem. Und sie berührte meinen Schwanz durch die Hose. Sie öffnete den Hosenschlitz. Fuhr mit der Hand hinein und nahm meinen Schwanz. He, du bist offensichtlich kein Teddybär, Pereyra, ich hatte noch nie einen Bären mit so etwas dran. Wir bedeckten uns ein wenig mit meiner Windjacke, aber im Grunde war es uns egal. Wir waren ungestüm. Ich küsste ihren Hals und knetete ihre Brüste unter dem T-Shirt und dem berühmten Bustier. Guerra, lass uns zusammen nach Brasilien fahren. Mit dem Bus heute Abend. Wir fahren für eine Woche. Sie sagte nichts, rieb weiter meinen Schwanz. Morgen Mittag können wir in Brasilien sein, allein. Ich lade dich ein. Schhh, machte sie. Wir fahren zusammen. Sie antwortete nicht. Ich fühlte ihr nasses Gesicht. Tränen fielen herab. Sie schüttelte kaum merklich den Kopf. Sie öffnete meinen Hosenknopf. Ich will dich vögeln, meine Schöne, ich will in dir sein. Ich kann nicht aufhören, deinen Namen zu sagen. Manchmal sage ich ihn im Schlaf. Guerra weinte still. Sie blickte mir in die Augen, packte mich fest und öffnete keuchend den Mund. Lass uns heute nach Brasilien fahren. Ihr Weinen steigerte sich in eine Art Krampf, aber sie hörte nicht auf, mir einen runterzuholen. Sie flüsterte mir ein Geständnis ins Ohr: Auch ich bin schwanger, Lucas. Ich sah sie an. Sie nickte. Im zweiten Monat, ich weiß nicht, ob ich es bekomme. Ich umarmte sie. Es wird empfohlen, in Abwesenheit der Rettungsschwimmer nicht zu baden, stand auf einem verwitterten Schild an der Mauer. Überdenken. Niemand ist nur eine Person, jeder ist ein Band aus ineinander verschlungenen Personen, und Guerras Band war eines der komplizierten. Ich will, dass du alles abspritzt. Die Ampeln in meinem Hirn blinkten gelb auf. Ich verstand gar nichts, aber ich hatte noch immer einen Steifen. Ich wusste nicht, was ich sagen sollte. Guerra beugte sich über meinen Schwanz. Sie sah mich an. Alles, sagte sie. Sie fuhr mit ihrer Zungenspitze über meine Eichel. In dem Moment hörte ich die Schritte und spürte den Tritt in den Rücken.

9 Ich lag mit dem Rücken zum Meer, der Seite, von der die beiden Typen kamen. Bleib still und schrei nicht. Das konnte ich sowieso nicht, denn einer drückte mein Gesicht in den Sand, ich weiß nicht, ob mit dem Knie oder dem Fuß, aber er trat mir ins Genick. Und ich spürte, wie er meine Schulter mit seinem gesamten Gewicht niederdrückte. Es ging schnell. In Panik versetzte mich die Tatsache, dass mein Schwanz draußen war und meine Hose offen. Die Scham war größer als die Angst zu sterben. Guerra rief: »Nein! Nein! Nein!« Als ich hörte, dass sie sie herumzerrten, versuchte ich aufzustehen, aber wieder wurde ich getreten, diesmal in den Bauch. Der Schmerz hielt mich gefangen. Plötzlich existierte nur noch dieses Schreckliche. Eine Pause trat ein, Stille. Dann rannten sie weg. Ich bekam keine Luft. Als ich endlich wieder atmete, hatte ich Sand im Mund und das Gefühl zu ersticken. Ich spuckte aus und schluckte Sand. Guerra fragte, ob ich in Ordnung sei. Ich konnte nicht antworten. Allmählich kam ich zu Atem und öffnete die Augen. Guerra ging es gut. Ich befühlte die Seite, wo ich den ersten Tritt hinbekommen hatte. Sie schmerzte. Ich befühlte meinen Bauch. Der Geldgürtel war weg. Und auch der Rucksack.

»Wohin sind sie abgehauen?«, fragte ich Guerra, während ich meine Hose schloss.

»Dort entlang, über die Treppe«, sagte sie. »Aber komm, Lucas, bleib hier.«

Ich stieg die Treppe hinauf. Guerra hinter mir. Ich lief los, in irgendeine Richtung, es war mir egal. Als ich die Straße überquerte, hätte mich beinahe ein Auto erfasst. Es machte eine Vollbremsung, und ich kam auf der Motorhaube zum Sitzen. Ich lief weiter. Guerra, die noch auf der Promenade stand, rief mir nach:

»Lucas, komm zurück!«

Aber Lucas hatten sie gerade fünfzehntausend Dollar geklaut. Der größte Dummkopf von ganz Amerika. Ich konnte nicht anders, als ein wenig zu laufen. Zumindest, um vor der schwarzen Wolke zu flüchten, die über mir aufzog, mein perfektes Unwetter, meine persönliche Mafia, die gerade den letzten Kampf gewonnen hatte, und ich rannte den Bürgersteig auf der anderen Seite der Promenade entlang und schrie *Hurensöhne, Hurensöhne*. Die Leute blickten sich nach mir um.

In solchen Momenten bist du mit einem Schlag der Verrückte, der, der die Kontrolle verloren hat. Ich stoppte und blickte mich nach allen Seiten um. Die Autos fuhren vorbei, gleichgültig gegenüber meinem persönlichen Mikrodrama, meiner Verzweiflung. Ich überquerte mehrmals die Straße, ohne zu wissen, wo ich hingehen sollte, schließlich blieb ich auf einer Verkehrsinsel zwischen den Fahrbahnen stehen, verloren, keuchend und wütend wie der unglaubliche Hulk mitten auf einem Boulevard. Für ein paar

Momente dachte ich, das alles wäre nicht wahr, und tastete meine Leistengegend ab, um mich zu vergewissern, dass die Kohle – die sich vor drei Minuten noch dort befunden hatte – wirklich weg war. Das kann nicht sein, das kann nicht sein, sagte ich in allen möglichen Tonlagen, vom weinerlichen Flehen bis zum unverständlichen Wutschrei. Ich trottete zu der Stelle zurück, wo Guerra mit der Ukulele in der Hand stehen geblieben war.

»Lucas, beruhige dich, du wirst noch überfahren. Beinahe hätten sie dich erwischt. Beruhige dich bitte.«

»Dir geht es gut? Sie haben dich nicht geschlagen?«

»Nein«, antwortete Guerra. »Sie haben mich zurückgestoßen, als ich aufstehen wollte, aber sie haben mich nicht verletzt.«

»Sie waren zu zweit?«

»Ja.«

»Wie sahen sie aus?«

»Was weiß ich, zwei Typen halt. Ich hatte Angst, ich hab sie kaum angesehen. Sie hatten Sportklamotten an. Ich glaube, sie sind mit einem Motorrad abgehauen, ich habe eine Maschine starten gehört, als sie oben an der Treppe waren. Haben sie dir viel Geld abgenommen?«

Ich nickte. Ich schämte mich sehr. Ich schämte mich unendlich. Und war plötzlich außer mir vor Wut. Ich griff nach der Ukulele und hob den Arm, um sie auf dem Geländer in Stücke zu schlagen, aber Guerra, auf Zehenspitzen, packte mich fest am Handgelenk.

»Mach sie bloß nicht kaputt«, sagte sie, ohne mich loszulassen.

Weise Worte. Nicht nur, weil die Ukulele ein Geschenk für Maiko war, oder weil mir dieses winzige Instrument in den folgenden Monaten praktisch das Leben rettete, sondern vor allem, weil der lächerliche Akt, sie dort auf der Promenade zu zerstören, meine Dummheit nur unterstrichen hätte. Das Bild, eine Ukulele an einer Säule zu zerschmettern, wie ein zwergenhafter Jimi Hendrix ... Das Ganze war lächerlich, ein Mini-Gaucho, der seine Klampfe zu Kleinholz machte. Mir ging eine Strophe des argentinischen Nationalepos durch den Kopf, die ich nur ein wenig verändern musste, damit sie auf meine Situation passte: »Einen Einschnitt machte der reisige Sänger, griff nach der Flasche, der sorglich Getreuten, nahm einen Zug, hernach einen zweiten, und Schmerz quälte ihn nicht länger. Die Ukulele hat er zu Boden geschmissen, mit derbem Fußtritt die Saiten zerrissen.«

Mir war geblieben, was ich am Leibe trug; eine Ukulele in der Hand und etwas uruguayisches Geld in der Hosentasche. Mit dem Rucksack hatten sie mir auch das Handy, die Hausschlüssel, die Autoschlüssel, die Brieftasche mit den Karten geklaut ... Der Reisepass war gerettet, weil ich ihn, sobald sie mir in der Bank das Geld ausgehändigt hatten, in der Innentasche meiner Jacke verstaut hatte. Ich fasste mich an den Kopf und lief los. Der Schreck und das Adrenalin hatten den Schwebezustand des Alkohols und des Joints aus meinem Blut vertrieben. Ich war nüchtern, und eine Art Rückkopplung machte mich taub. Guerra sprach mit mir, versuchte mich zu beruhigen. Ich konnte nicht mehr zuhören. Ich dachte darüber nach, ob es irgendeine Lösung gäbe, aber es war nichts zu machen. Inzwischen waren die zwei Typen mit dem Motorrad irgendwo weit weg von Montevideo und zählten mein Geld. Jedenfalls hatte ich mir in den Kopf gesetzt, Anzeige zu erstatten, und fragte Guerra, wo die nächste Polizeiwache war. Plötzlich war ich wie ein deutscher Tourist; ich fühlte mich nicht einmal dazu in der Lage, mich den Leuten verständlich zu machen. Guerra erkundigte sich nach dem Weg zur Wache und führte mich um den Parque Rodó herum, bis wir die Calle Salterain hinaufliefen.

Das, was mir noch vor Kurzem keine Ruhe gelassen hatte – deine Frage nach Guerra, die Geschichte, die ich mir würde ausdenken müssen, die anderen Mails, die du vielleicht auch entdeckt hattest, von denen ich nicht sicher wusste, ob ich sie gelöscht hatte –, all das war in den Hintergrund getreten. Jetzt war das Wichtigste, dass das Geld nicht mehr da war. Wie würde ich dir erklären, dass ich ohne die Dollars zurückkam? Was sollte ich mir ausdenken, um so eine Dummheit zu rechtfertigen? Wie hatte ich mich so leichtfertig ausrauben lassen? Warum hatte ich mich in eine so brenzlige Situation gebracht? Guerra sah mich immer wieder an.

»Meinetwegen musstest du diesen Mist erleben, Guerrita. Verzeih mir bitte. Ich hätte nie gedacht, dass so etwas passiert.«

»Mach dir keine Sorgen um mich.«

»Wir waren auf einem anderen Planeten, nicht wahr?«

»Ja«, sagte sie. »Auf einem sehr schönen Planeten.«

»Und du bist schwanger«, erinnerte ich mich. »Bist du sicher, dass sie dich nicht geschlagen haben?«

»Ganz sicher. Und du? Sie haben dich getreten, tut dir gar nichts weh?«, fragte sie mich. »Ich verstehe nicht, wie du gehen kannst.«

»Hier in der Seite habe ich Schmerzen.«

Guerra hob mein T-Shirt hoch, die Haut war rot, ähnelte aber noch in keiner Weise dem späteren Bluterguss, der zunächst zu einer lila-blauen Wolke und schließlich halb grün wurde. Auf dem Bauch hatte ich eine Schramme vom Riemen des Geldgürtels, den die Typen mir weggerissen hatten.

»Wir sollten ins Krankenhaus gehen und das untersuchen lassen.«

»Mir geht's gut«, sagte ich.

»Was wirst du jetzt machen?«

»Womit?«

»Heute Abend, Lucas, was machst du da? Fährst du zurück?«

»Ja, ich denke schon, den Pass habe ich noch. Zurück kann ich also.«

»Möchtest du, dass ich dir Geld für ein Taxi leihe?«

»Nicht nötig. Ich habe noch Geld in der Hosentasche.«

Als wir an die Ecke der Polizeiwache kamen, fragte mich Guerra, ob ich die Anzeige allein erstatten könne, weil sie zu ihrem Arbeitstreffen müsse.

»Ich komm schon zurecht, geh nur.«

»Wenn was ist, gehst du ins Internetcafé und schickst mir eine Mail, oder du besorgst dir eine Telefonkarte. Ich schreibe dir jetzt eine Mail mit meiner Handynummer und der Festnetznummer bei meinem Vater. Wenn du bei uns übernachten willst, kein Problem.«

»Danke.«

Wir umarmten uns, ein rasches Küsschen beim Zurückschnellen der Köpfe, und ich sah sie fortgehen. Sie drehte sich um und warf mir eine Kusshand zu. Die hübscheste Diebin der Welt. Das dachte ich, als ich meinen Weg fortsetzte, denn mir schien, dass es eine bewusste Entscheidung gewesen war, mich nicht auf die Polizeiwache zu begleiten. War das möglich? Ich lief weiter. Wirklich möglich? War das ihr Plan gewesen? Ich drehte den Kopf und blickte über meine Schulter: Guerra war nicht mehr da.

Bei der vorherigen Reise hatte ich ihr erzählt, dass ich Geld von der Bank holen würde. Sie hatte davon gewusst. Konntest du deine Angelegenheiten regeln, hatte sie mich am Nachmittag gefragt, kurz nachdem wir uns getroffen hatten. Später hatte sie den Geldgürtel gesehen, als ich mir das Tattoo stechen ließ, sie hatte mit jemandem am Telefon gestritten, mich zum Strand mitgenommen, mir die Hose geöffnet ... Während weniger Schritte auf der Straße verknüpften sich tausend Bilder in meinem Kopf. War es ihr Freund, der mich ausgeraubt hatte? Hatte sie nur geschauspielert? Alles? Seit dem Mittag? Hatte sie am Strand geweint, weil sie dabei war, mich zu verraten? Ich dachte an diese minimale Pause, dieses Schweigen, als sie mir den zweiten Tritt versetzten. Hatte Guerra ihnen ein Zeichen gegeben, dass sie verschwinden sollten? Etwas wie »Es reicht, hört auf«. Hatte Guerra alles gesteuert? War sie die Chefin dieser Typen? Ich stellte mir vor, wie sie die beiden mit einer minimalen Geste stoppte, ihnen dann befahl abzuhauen, mit einer kaum merklichen Bewegung der Augen.

»Was kann ich für Sie tun?«, fragte mich der Polizist, der an der Tür zur Wache stand.

Ich sah ihn an.

»Nichts, danke«, sagte ich und ging weiter.

10 An einer Ecke blieb ich stehen und wusste nicht, wohin. Selten habe ich mich so verloren gefühlt. Mir war klar, wo ich mich befand, aber nicht, wohin ich ging. Die unmittelbare Zukunft war ein komplettes Durcheinander. Ich konnte ins Radisson gehen und aus dem Fenster des zwanzigsten Stockwerks springen, obwohl das Hotel vielleicht diese versiegelten antisuizidalen Anti-Raucher-Fenster hatte. Ich konnte auch dort schlafen, bis ich entschieden hatte, was zu tun war. Mit dem Geld, das ich in der Hosentasche hatte, konnte ich noch am selben Abend nach Brasilien fahren, vor allem weglaufen, vor dir, vor mir, vor meinem Sohn, vor meiner Wohnung, vor meiner unerklärlichen Dummheit, und meinen Roman leben, statt ihn zu schreiben. Dort ein neues Leben beginnen, arbeiten … Was zum Teufel sollte ich in Brasilien machen? Es war ein Moment wie in »Wähle dein persönliches Abenteuer«, und alle, die ich mir vorstellen konnte, nahmen ein böses Ende. Ebenso wenig verstand ich die jüngste Vergangenheit, denn ich wusste nicht, was genau mir eigentlich passiert war. Die Möglichkeit, dass Guerra mich ausgeliefert haben könnte, rief in mir eine Unsicherheit hervor, die retrospektiv und allumfassend war. Ich war in der Zeit verloren. Ich konnte nur auf meine Gegenwart treten, auf meinen Schatten, dort still stehen. Der Rest war Schwindel.

Ich weiß nicht, wie lange ich dort stehen blieb. Irgendwann tauchte ein abgerissener Typ auf, mit langen, fettigen Haaren, Ruinen im Mund, Plastiktüten. Ich bemerkte ihn nicht, bis er direkt vor mir stand und sagte:

»Spiel mal was für Penner wie uns.«

»Ich kann nicht spielen«, sagte ich mit Blick auf die Ukulele. »Ich habe sie gerade erst gekauft.«

»Du solltest es lernen. Dann tanzen wir alle«, sagte der Stadtstreicher und machte mit halb heruntergerutschter Hose ein paar Tanzschritte.

Ich überquerte die Straße und ging mit durchgedrücktem Kreuz den Bürgersteig entlang. Die bloße Bewegung befreite mich von meinem Autismus. Du solltest es lernen. Da hatte er zweifellos recht. Ich erinnerte mich an Enzo und machte mich auf den Weg zu seinem Haus.

Es lag in der Avenida Fernández Crespo, nah an einer Straßenecke. Viel näher, als ich es in Erinnerung hatte. Ich fand die Haustür, doch ich wusste nicht, in welchem Stockwerk er wohnte. Ich glaubte, im vierten, aber sicher war ich nicht. Ich blickte nach oben. Von der gegenüberliegenden Straßenseite aus rief ich:

»Enzo! Enzo!«

Eine Frau lehnte sich zum Fenster hinaus.

»Ich bin Lucas!«, sagte ich.

Kurz darauf lehnte Enzo nackt aus dem Fenster und grüßte wie Perón, wenn er auf seinem Balkon beide Arme mit geöffneten Händen über den Kopf hob, als wollte er eine Vorstellung von der Größe eines gefangenen Fischs vermitteln, und rief mir zu:

»*Holandés!* Ich komme sofort runter!«

Er erschien mit dem Hemd über der langen Hose und in Sandalen. Klein, gedrungen, mit festem Schritt, behaarter als früher, hängenden Ohrläppchen, entspannt und zugleich Furcht einflößend, wie ein Yoda aus der Provinz. Er öffnete mir, und wir begrüßten uns. Oben an seiner Wohnung angekommen, hatte ich ihm bereits alles erzählt.

Eine etwa vierzigjährige Frau mit hellen Augen öffnete uns die Tür. Ich kannte sie nicht.

»Sie haben ihn beklaut«, sagte Enzo.

»Du wurdest ausgeraubt?«, fragte sie alarmiert.

Da musste ich alles noch einmal erzählen. Mit mehr Details, zwischen Fragen, ob ich Kaffee wolle, Erklärungen zu der Ukulele, der Möglichkeit, einen Anruf in Buenos Aires zu machen. Ich hätte dich auf dem Festnetztelefon anrufen können, Cata, aber ich wusste noch immer nicht, was ich dir sagen sollte. Enzo brachte mir einen Kaffee in einem Trinkglas. Ich gab Zucker hinein. Wer war diese Frau? Enzos Tochter, eine Schülerin oder seine neue Partnerin?

»Wie seltsam, normalerweise klauen sie am Ramírez nicht auf diese Weise«, sagte sie.

»Sie sind ihm gefolgt!« Enzo sah mich an. »Sie hatten es auf dich abgesehen. Dann haben sie gewartet, bis du an einem menschenleeren Ort warst.«

»Du meinst, sie sind mir den ganzen Tag lang gefolgt? Als ich aus der Bank kam, bin ich die Straße hinter dem

Teatro Solís runtergelaufen, da war keine Menschenseele, in der Santa-Catalina-Bar saß ich eine ganze Weile, ohne dass jemand in meiner Nähe gewesen wäre. Dann hätten sie mich doch dort ausrauben können.«

»Das sind Profis«, entgegnete Enzo. »Gegen die kannst du nicht gewinnen.«

»Ich hätte nicht gedacht, dass sie mir nach so vielen Stunden noch folgen würden.«

»Jetzt sag mal ... Was hast du überhaupt mit dem ganzen Geld allein am Strand gemacht? Wer kommt denn auf so eine Idee?«, forderte mich Enzo heraus.

Ich erzählte nichts von Guerra. Um sie zu schützen, um mich zu schützen. Von diesem Moment an war ich allein am Strand gewesen, hatte im Sand gesessen und den Kitesurfern zugesehen, die auf den Wellen hin und her sprangen und durch die Luft flogen. Ich konnte Guerra aus dem gesamten Film streichen. Ich aß allein in der Bar zu Mittag, war allein auf der Straße, allein in der Ladenpassage, allein im Musikgeschäft ... Vielleicht hatte mich der Tätowierer verpfiffen, der mich ebenfalls mit dem Geldgürtel gesehen hatte, oder auch der Bruder, denn bei ihm hatte ich die Ukulele in Dollar bezahlt. Es hätte sogar der Rezeptionist im Radisson sein können oder jemand aus der Bank. Vielleicht war es auch ein Diebstahl aufs Geratewohl gewesen. Mein T-Shirt war hochgerutscht und der Riemen des Geldgürtels sichtbar, als ich dort ausgestreckt im Sand gelegen hatte. Oder es war doch Guerras Freund gewesen, und er war ihr gefolgt, noch immer wütend auf sie, und hatte sich gerächt, indem er mich verprügelte und mir alles wegnahm. Vielleicht hatte er ihre Mails gelesen und wusste von mir? Das konnte doch sein.

Ich blieb schweigend vor meinem Kaffee sitzen. Schließlich beantwortete ich alle Fragen einsilbig.

»Möchtest du dich eine Weile ausruhen?«

»Nein.«

»Möchtest du dich waschen? Du hast Sand im Gesicht.«

Ich ging ins Bad. Tatsächlich hatte ich Sand im Gesicht, in den Haaren. Sah aus wie ein Verunglückter, von einem bitteren Umstand des Schicksals zu Fall gebracht. Ich versuchte, mich unter dem Wasserhahn des kleinen Waschbeckens zu säubern, aber das ging nicht, und ich verteilte den Sand überall. Ich öffnete die Tür einen Spaltbreit und sagte:

»Enzo, ich spring mal schnell unter die Dusche.«

»Natürlich, kein Problem. Das blaue Handtuch ist sauber.«

Ich zog mich aus und stellte mich unter den kalten Wasserstrahl, der sich allmählich erwärmte. Ich dachte an Guerra, daran, wie sie mich umarmt und gesagt hatte, ich tue ihr gut, und wie ich sie schützend an mich gezogen hatte und immer weitergelaufen war. Inzwischen war das Wasser heiß. Dampf stieg auf. Plötzlich ertappte ich mich dabei, dass ich weinte, wie ich seit sehr langer Zeit nicht mehr geweint hatte. Gegen die Kacheln gelehnt, biss ich mir in den Arm, um das Schluchzen zu unterdrücken. Du hast auf der Arbeitsplatte in der Küche gesessen, als du weintest. Maiko weint jeden Tag, die unnachgiebige Frau, der der evangelische Pfarrer aus dem Bus zu vergeben geholfen hatte, hatte geweint und ebenso Guerra und ihre hinterhältige Freundin. Wir alle weinen. Tränen, die ins Meer fließen, das ist Sterben, wie der Dichter Manrique gesagt hätte. Ich weine nie und schon gar nicht aus Traurigkeit. Liebe bringt mich zum Weinen, Zärtlichkeit. Ich weinte, weil ich an Guerra dachte und wusste, dass ich sie nicht wiedersehen würde, ich verweigerte mich dem Gedanken, dass ihre Zuneigung nicht echt gewesen war, und ich fühlte auch deine Liebe, Catalina, jenseits aller Zweifel, und die Liebe meines Sohnes, der mich umarmt und an meinem Hals hängt, wenn er nicht will, dass ich weggehe. Und Enzos Gastfreundschaft und sein blaues Handtuch. Wenn man dich tritt, bleibst du in Alarmbereitschaft, als wäre niemand an deiner Seite, und wenn dann plötzlich jemand freundlich zu dir ist, lässt du die Deckung fallen und streckst die Waffen. Die Zuneigung wirft dich um.

Ich musste nach Buenos Aires zurückkehren. Das hatte ich begriffen.

Ich trocknete mich ab und zog mich an. Meine Brust fühlte sich nach dem Weinen frei an, aber wenn ich tief einatmete, taten mir links die Rippen weh.

»Ich habe eine kleine Sandbank im Bad hinterlassen.«

»Das macht doch nichts«, sagte Enzo. »Setz dich. Clarita, in der Speisekammer steht noch ein Orangenkuchen.«

»Ich hole ihn.« Sie stand auf.

Clara war eine schöne Frau, ungefähr in meinem Alter. Sie wirkte entspannt, etwas ungekämmt und sprach mit einer Seelenruhe, wie getragen von den Endorphinen eines Orgasmus. Hatte ich die beiden mit meinen Rufen auf der Straße bei etwas unterbrochen? Enzo wirkte genauso, aber so wirkte er immer. Seine Tochter war sie nicht. Davon ging ich aus.

Als wir allein waren, fragte er mich:

»Wie viel Geld haben sie dir geklaut?«

»Fünfzehntausend Dollar.«

»Oh nein, so eine Scheiße.«

»Das war das Geld für zwei Bücher, ein Sachbuch für Milenio und ein Roman für Astillero.«

»Die Spanier?«

»Ja. Im Mai muss ich beide abgeben. Mit dem Geld wollte ich ungefähr neun Monate Schreiben überbrücken. Und Schulden zurückzahlen. Ich steh bei allen in der Kreide. Ich habe keine Ahnung, wie es weitergeht.«

»Hast du den Roman schon angefangen?«

»Nein, das wollte ich ab jetzt tun.«

Clara kam mit dem Kuchen zurück. Enzo blieb nachdenklich, dann sagte er:

»Mit Montevideo muss man sich vorsehen. Die Stadt kann einen mir nichts, dir nichts töten. Ab und zu legt sie jemanden um. Denk nur an Fogwill.«

»Fogwill ist in Buenos Aires gestorben.«

»Stimmt, aber einige Tage nachdem er hier war und sich eine Erkältung geholt hat. Und denk nur an den von der *Orsai*, der Zeitschrift. Wie hieß er noch?«

»Casciari.«

»Genau der. Er hatte einen Herzinfarkt in Montevideo, beinahe hätte er es nicht gepackt. Das hier ist wie das

Bermudadreieck, total wild. Wie eine B-Seite des Río de la Plata, die Rückseite, die dich verschlingt, dich fertigmacht. Wenn du damit nicht umgehen kannst, gibt sie dir den Rest. Man muss vorsichtig sein mit Uruguay, vor allem, wenn man glaubt, es sei eine argentinische Provinz, nur besser, keine Korruption, kein Peronismus, man darf auf der Straße Marihuana rauchen, das kleine Land, wo alle gut und freundlich sind, und solche Dummheiten. Einmal nicht aufgepasst, und Uruguay fickt dich.«

»Enzo!«, sagte Clara.

»So ist es, Liebling, so ist es. Erinnere dich an den Schock für die Brasilianer im Maracanã.«

Clara stand auf und ging in die Küche.

»Das sind Wilde, diese Uruguayer«, flüsterte Enzo, damit sie es nicht hörte.

Er zeigte mir eine violette Stelle an seiner Schulter, Zahnabdrücke, wie es schien.

»Sie sind bissig …«

Enzo zählte an den Fingern auf:

»Die Rugbyspieler, die nach dem Flugzeugabsturz in den Anden ihre Freunde verspeist haben, die Indios, die Solís, den Konquistadoren, gegessen haben, der Hai Súarez, der den italienischen Spieler gebissen hat, sie da …« Er zeigte in Richtung Küche. »Das ist kein Zufall. Das sind Wilde. Dich haben sie auch gebissen.«

Ich blieb stumm und aß den Kuchen.

»Und sie haben dir einen Gefallen getan, *holandés*. Die Kohle war vergiftet, deshalb hast du dich so leicht beklauen lassen. Du hattest nicht das Gefühl, dass sie dir gehört.«

»Keine Psychoanalyse.«

»Mach ich nicht, aber betrachte es als Befreiung. Du hättest einen tausendseitigen Wälzer schreiben müssen, als ob du Schulden abbezahlen müsstest. So kann man nicht schreiben.«

»Das waren keine Schulden, das war Zeit, diese Kohle war Zeit zum Schreiben, ohne den Zwang, irgendeinen anderen Scheißjob machen zu müssen.«

»Ich würde den Schund nicht lesen wollen, den du mit der Kohle in all diesen Monaten geschrieben hättest. Wo hat man so was schon gesehen, dass sie dich für Bücher bezahlen, die du noch nicht geschrieben hast?«

Er sah mich an und fuhr fort:

»Und ich schwöre dir, ich bin nicht neidisch, oder vielleicht doch ein bisschen, aber Bücher werden zuerst geschrieben, und dann sieht man, was sie wert sind. Wie Girondo gesagt hat: Man schleift sie wie Diamanten und verkauft sie wie Wurst. Dich haben sie mit Diamanten bezahlt, und du wolltest ihnen mit einer Wurst vor der Nase herumwedeln.«

»Wie soll ich denn schreiben, wenn mein Sohn mir am Sack hängt, ich zehn Millionen Schülern gleichzeitig vorlese und auch noch unterrichte …? Was zum Teufel soll ich so schreiben?«

»Schreib darüber.«

»Worüber?«

»Genau über das, was du mir gerade erzählst, was gerade jetzt hier an diesem Ort passiert.«

»Mach hier nicht den Zen-Meister.«

Ich stand auf und blickte aus dem offenen Fenster. Man sah weit in die Ferne, die Dächer, die Antennen, die Lichter der Häuser, die zu funkeln begannen. Es wurde dunkel. Ich betrachtete Enzos überquellende Bibliothek. Seine Bücher standen, so wie meine jetzt, zweireihig in den Regalen.

»Du wirst schon zur Poesie zurückfinden, *holandés*. Du bist noch auf hundertachtzig, deshalb verstehst du das nicht. Erst muss dein Ärger verflogen sein.«

»Aber wie soll ich das anstellen? Ich habe nur noch fünfhundert Dollar, die ich in uruguayische Peso getauscht hatte, und einen Teil davon habe ich in Whisky investiert. Ich müsste meine Schulden zurückzahlen, bei meiner Frau, dem Kindergarten, der Krankenversicherung, tausend Dinge. Jetzt, genau in diesem Moment, wartet sie darauf, dass ich mit der Kohle komme, um all diese Löcher zu stopfen.«

»Wie viele uruguayische Pesos hast du noch?«

»Keine Ahnung. Fünftausend, so in etwa.«

»Ich weiß, dass das ein schlechter Moment ist, aber würdest du mir dreitausend leihen, und ich gebe sie dir in zwei Wochen zurück, wenn ich bei dir vorbeikomme?«

Ich sah ihn ernst an, und er blickte schmunzelnd zurück. Ich brach in Gelächter aus. Auch Enzo lachte. Dann sagte er: »In zwei Wochen zahle ich es dir mit Zinsen zurück. Nächste Woche bekomme ich meine Rente.«

Ich gab ihm die Scheine, und er sagte: »Die Welt ist nichts für Typen wie dich oder mich. Mehrere Freundinnen haben, einen Batzen Kohle verdienen, alles verballern, teure Schlitten fahren. Das kriegen wir nicht hin. Du kannst es nicht, weil du es im Grunde gar nicht willst. Du bist lieber melancholisch, so wie ich. Der Wertzuwachs stört dich.«

»Verschone mich mit deinen Predigten.«

»Okay. Ich befehle mir zu schweigen.« Er stand da und sah mich an. »Was wirst du tun?«

»Ich gehe zum Hafen.«

»Hast du genug für ein Taxi?«

»Ich glaube schon. Wenn mir nicht noch einer Wegezoll abknöpft ...«

»Ich gebe es dir in Buenos Aires zurück, wir gehen eine Pizza bei Pinpún essen. Ich lade dich ein. Jetzt fahr zurück, schlaf dich aus, erzähl deiner Frau, was passiert ist ...«

»Und du, für alle Fälle, erzähl bitte niemandem etwas.«

»Sei unbesorgt. In Buenos Aires sprechen wir über die Zeitschrift. Das wird todsicher ein Reinfall werden.«

Ich verabschiedete mich von Clara. Enzo begleitete mich nach unten. Als wir uns Auf Wiedersehen sagten, fügte er hinzu: »Gräm dich nicht.«

Es war ziemlich lächerlich, denn ich hatte die Ukulele vergessen und musste gegen die Scheibe pochen, er öffnete mir, wir gingen hinauf und wieder hinunter, aber ohne noch ein Wort zu wechseln. Der Abschied war schon aufgezehrt. Als er mir die Haustür aufmachte, klopfte ich ihm auf den Rücken und sagte: »Viel Glück mit der Beißerin.«

11 Ich war einer der Letzten, die das Fährschiff bestiegen. Es war nagelneu, auf den Namen *Francisco* getauft, sicherlich zu Ehren des Papstes, die Teppiche waren so makellos, dass man Schuhüberzieher wie für den Operationssaal tragen musste, um nichts dreckig zu machen. Chilenische Touristen, uruguayische Ärzte, alte, gebrechliche argentinische Aristokraten, Damen mit penetranten Parfums, Familien: alle mit diesen blauen Schuhen, wie die Schlümpfe.

Ganz hinten fand ich eine Sitzreihe mit vier leeren Plätzen. Dort machte ich es mir bequem, ich brauchte Ruhe. Meine linke Seite bereitete mir große Schmerzen. Hätte ich noch meinen Rucksack gehabt, hätte ich eine Paracetamol aus dem Blister nehmen können, den ich immer in der Vordertasche aufbewahrte. Was hatten die Diebe mit meinen Sachen gemacht? Ich würde die Visa-Karte sperren müssen, einen neuen Personalausweis beantragen, die Krankenversicherungskarte, die Verkehrsverbundkarte, den Führerschein … Ich machte die Jacke zu, die Klimaanlage blies genau in meine Richtung. Ich steckte die Hände in die Taschen, da war Sand, und ich fand ein Bonbon vom Nachmittag. Ich öffnete es und begann zu kauen, es schmeckte nach *Dulce de Leche*. Ferne Anmut. Ich betrachtete das Bonbonpapier: »Zabala« stand darauf, außerdem war das Gesicht eines alten Mannes abgebildet, aus dem achtzehnten Jahrhundert, mit einer langen Lockenperücke und gezwirbeltem Schnurrbart. Es war niemand anderes als der Gründer von Montevideo, wie ich auf Wikipedia gelernt habe. Bruno Mauricio de Zabala. Süßigkeiten mit dem Familiennamen von Guerras Mutter. Guerra Zabala. Krieg und Bonbons.

Wie sollte ich dir das alles erzählen? Wie würde meine Version lauten? Wie sah es aus deiner Perspektive aus? Dein Mann, den du seit fast einem Jahr ernährst, setzt nach Uruguay über (mit der Fahrkarte, die du gekauft hast), um Geld von der Bank zu holen, das man ihm endlich überwiesen hat, und kehrt ohne einen Peso zurück, mit einem Tattoo auf der Schulter und einer Ukulele in der Hand. *You had one job, motherfucker.* So schwierig war das nicht. Vielleicht würde ich gar nicht so viel erfinden müssen. Den Raub hatte es gegeben. Es genügte, den Schauplatz zu ändern. Ich konnte dir sagen, dass ich auf dem Weg zum parkenden Auto ausgeraubt worden war, dass der Parkplatz von Buquebús morgens voll gewesen war, was auch stimmte, deshalb hatte ich das Auto weiter weg abstellen müssen, und als ich es nach meiner Rückkehr holte … Tatsächlich würde das Auto dort stehen bleiben, an dem Strand zwei Straßen von Dársena Norte entfernt. Es ist so passiert: Ich bin nachts zum Auto gegangen, sie haben eine Waffe auf mich gerichtet, mich zu Boden geworfen, mich getreten und mir das Geld weggenommen.

Jemand vom Zoll hat meine Daten weitergegeben, sicher. Ich war für einen Tag nach Uruguay gefahren. Es war sehr wahrscheinlich, dass ich mit Dollars in den Taschen zurückkommen würde. Im Grunde war diese Version glaubwürdiger, leichter zu verstehen. Wie in Borges' Erzählung *Emma Zunz* wären nur die Umstände und der Zeitpunkt falsch, der Diebstahl, mein verzweifelter Tonfall, die Demütigung und die Gewalt aber wären wahr.

Ich fand Gefallen an dieser Version und spielte sie ein paarmal im Kopf durch. Als ich nach Ablenkung suchte, wurde mir klar, dass ich nichts zum Lesen bei mir hatte. Meine Rimbaud-Biografie war auf dem Nachttisch im Radisson liegen geblieben. Letztlich hatte ich ein Hotelzimmer bezahlt, nur um eine Rimbaud-Biografie zu beherbergen. Würde sie bei den Fundsachen des Hotels landen? Konnte ich Enzo bitten, dort vorbeizugehen und sie abzuholen? Ich zog die Turnschuhe von den Füßen, klappte die Armlehnen hoch und streckte mich über mehrere Plätze hinweg aus. Die Motoren liefen schon. Wir bewegten uns. Ich schloss die Augen. Ich hatte Rimbaud in der Wüste zurückgelassen, die er auf einer von sechzehn sudanesischen Trägern geschulterten Bahre durchquerte. Er war krank, müde, mittellos, ausgeraubt von den afrikanischen Königen, denen er versucht hatte Waffen zu verkaufen. Er kam durch eine Mondlandschaft, wo die Danakil lauerten, das schönste und meistgefürchtete Nomadenvolk. Sie waren fähig, die gesamte Karawane zu töten und die Leichen den Löwen zum Fraß zu überlassen. Sein Knie geschwollen, übergroß. Er konnte nicht mehr laufen. Bald würde die Welt ihren Anteil fordern. Ein Bein. Das Abenteuer war zu Ende, er versuchte, zurück nach Frankreich zu kommen, wo sie ihm das Bein amputieren würden. Die Planen seiner Tragbahre flatterten im Wind. Ein Zimmer für Rimbaud, ein Bett mit sauberen Laken für den Todeskampf des größten Dichters aller Zeiten. Ein Buch auf dem Nachttisch. Zimmer 262.

Ich erwachte schweißgebadet, als wir in den Hafen von Buenos Aires einliefen. Anscheinend hatte ich Fieber. Die Passagiere standen schon dicht gedrängt beim Ausgang.

Ich fuhr die Rolltreppe hinunter, legte die Ukulele in den Gepäckscanner, und eine Mitarbeiterin bat mich, an der Seite zu warten. Ein Mann tastete mich ab, als suchte er nach Waffen. Schnell und beinahe unmerklich befühlte er meinen Schambereich, wo der Geldgürtel gewesen war. Die Kontrolleure suchten nach Geldscheinen. Ich musste die Jacke ablegen, und sie betasteten sie nach etwas Hartem. Dann baten sie mich, das T-Shirt hochzuziehen. Sogar im Inneren der Ukulele schauten sie nach. Ich dachte: »Zu spät, Jungs.« Nichts hier, nichts dort. Um mich herum hielten sie auch andere Passagiere an und durchsuchten sie auf die gleiche Weise.

Sie konnten mir nichts wegnehmen, denn ich hatte nichts. Mich konnte man nicht bestehlen. Also ließen sie mich passieren, und mit diesem Gedanken im Kopf trat ich hinaus in die Dunkelheit des Hafens: Mich kann man nicht bestehlen. Ich würde zu Fuß laufen müssen, die Avenida Córdoba immer geradeaus, mehrere Kilometer, teils im Dunkeln, bis zu unserer Wohnung in Coronel Díaz, doch ich würde es ohne Angst tun können, ohne Verfolgungswahn. Das Auto stand in der Nähe, nur hatte ich die Schlüssel nicht. Es blieb dort stehen, bis du es zwei Wochen später abgeholt hast. Ich hatte auch keine argentinischen Pesos für ein Taxi. Ich überquerte die Gleise von El Bajo, Avenida Madero, Alem und lief die Straßenschlucht von Córdoba hinauf. Es ging mir dreckig, ich war geschlagen, aber unbesiegbar.

Ich hätte nicht gedacht, dass man mich am nächsten Tag ins Krankenhaus einliefern müsste. Das Fieber beeinträchtigte alles. Ich dachte: Ich werde sterben, und das ist gut so. Ohne diese Kohle bin ich unsterblich. Wegen der Schmerzen in den Rippen lief ich mit einer Art Zombie-Schritt, den linken Arm an den Körper gepresst. Der Zombie mit der Ukulele. Glücklicherweise hatte ich sie am Strand nicht zerstört und auch nicht bei Enzo vergessen. Maiko brachte sie mit, als er mich das erste Wochenende in der Wohnung besuchte, wo ich getrennt von dir lebe, und hat sie vergessen. Also ist sie hiergeblieben. Ich entlockte ihr Akkorde, Rhythmen, Arpeggios. Dann wagte ich mich ans Fingerpicking. Das Spielen hat mich vor einer Depression bewahrt. Diese Minigitarre hat mir während des ganzen Jahres, das ich nun allein lebe, seelischen Beistand geleistet. Wegen meiner Gitarrenkenntnisse lernte ich schnell. Es ist ein einfaches Instrument, das bisweilen sehr kompliziert sein kann. Die Gitarre war immer zu groß für mich, die Akkorde klangen unsauber, zu viele Saiten, die es zu beachten galt, zu viele Noten auf dem Steg. Für einen Autodidakten, der wie ich nach Gehör spielt, ist die Ukulele ideal. Ich begriff, dass ich lieber gut Ukulele spielte als weiterhin schlecht Gitarre, und das war wie eine neue persönliche Philosophie. Wenn du im Leben nicht klarkommst, versuch es mit dem Leben im Kleinformat. Mir war alles viel zu kompliziert geworden. Dieses Leben, das wir beide zusammen aufgebaut hatten, war mir zu groß, Cata. Mir ging es nicht gut. Dir auch nicht. Wir hassten uns, mit unseren To-do-Listen. Jetzt hängt eine Tafel in meiner Küche, und ich schreibe eigene Listen mit Dingen, die erledigt werden müssen, aber sie quälen mich nicht. Deine Listen verfolgten mich. Und ich vermute, dass meine unsichtbaren Listen dich verfolgten. Meine stillschweigenden Listen, meine wechselnden Forderungen. Von dir habe ich die sichtbaren Listen übernommen und bin jetzt ganz gut organisiert. Weil es meine eigenen Listen sind. Die Dinge, die erledigt werden müssen, fühlen sich nicht mehr fremd an.

Ich konnte nur langsam gehen. Ich lief die Avenida Córdoba entlang, vorbei an den Nuttenbars mit mysteriösen Vorhängen, an den Galerías Pacífico, wo ich dir vor sechs Jahren dieses Sommerkleid gekauft habe, das dir mit dem Babybauch so gut stand. Ich überquerte die Avenida 9 de Julio, und wie immer bekam ich Lust, ein Boot zu nehmen, um ans andere Ufer überzusetzen. Ich weiß nicht genau, wann sie das Viertel dort abgerissen haben, um die Straße zu bauen, aber von dem Moment an haben sie eine Leere geschaffen, eine Antimaterie, die man immer noch spürt. Geblieben ist ein Raum, der viel mehr ist als ein Viertel. Ein Nichts, das man durchqueren muss und das selbst den Mutigsten erschöpft. Ich lief an der Plaza Lavalle, am Teatro Cervantes, an hässlichen, kalten, unpersönlichen Häuserblocks vorüber, bis zu dem Shop vor der Kreuzung Avenida Callao, wo ich die Kopien für meine Kurse in der Fakultät mache. Der McDonald's, der U-Bahn-Eingang. Ich überlegte, hinunterzugehen und über das Drehkreuz zu springen. Ich fühlte mich elend. Nichts schien mir möglich. Außer weiterzulaufen, mit jedem Schritt nach vorn zu fallen, wie Herzog es ausdrückt, als er seinen Fußmarsch von München nach Paris beschreibt.

Dachte ich schon daran, während ich die Straßenkreuzungen ablief? Hatte ich bereits den Impuls, mich von dir zu trennen? Und du? Hast du daran gedacht, während dieses langen Tages, nachdem du meine Mail gesehen und Verdacht geschöpft hattest? Der letzte Ruck fehlte. Das letzte bisschen Kraft, damit endlich all das auseinanderbrach, was schon Risse bekommen hatte. War es schon offensichtlich? Ich weiß es nicht. Sicherlich mussten wir aufhören. Aufhören, Wut und Verdrossenheit anzusammeln. Diese Morgen zum Beispiel, diese Samstage oder Sonntage, wenn Maiko um sieben Uhr aufwachte und seinen Nesquik verlangte und du und ich uns einen Wettstreit darin lieferten, wer am tiefsten schlief. Maiko beharrte auf seinem Getränk, und einer von uns stand hasserfüllt auf, machte ihm den Kakao und auch den Kaffee für den anderen, für den Faulpelz, der den Gelähmten mimte, für den, der nicht genug geschlafen hatte, der nicht konnte, der mehr Schlaf brauchte, der Arme, elender Mist, verdammte Scheiße. Und Maiko, bereits in der Küche, lautstarke

Forderungen seiner Zunft, schob Möbel, Stühle umher, kletterte auf die Arbeitsplatte, griff nach Messern; man muss da sein, ihn im Blick haben, man muss von frühmorgens an auf den betrunkenen Zwerg aufpassen, während der andere sich in die warmen Laken hüllt, der andere löst sich auf, tut so, als würde er nicht existieren, doch er ist da und spielt den Ahnungslosen, der seinen Verrat nicht bemerkt. Wer immer zuerst aufgestanden war, du oder ich, wusch dann das Geschirr vom Vorabend, so geräuschvoll wie möglich, um den anderen auf die Palme zu bringen (ich habe mehrmals gehört, wie du das gemacht hast, und ich habe es auch getan), die Bratpfanne schlingerte im Spülbecken hin und her, wir ließen sie wie eine Blechglocke läuten, um den Ruhenden zu wecken, Löffel fielen auf die Edelstahlfläche wie ein Trommelschlag, Gläser klirrten, kurz davor, in tausend Stücke zu zerspringen, feine weiße Teller klapperten, und man bekam Lust, sie auf den Boden zu schmeißen, wie bei einer griechischen Hochzeit, Lust, ein japanisches *smash karaoke* zu veranstalten, bei dem man den Gästen in einem Zimmer mit Vasen und alten Fernsehern laute Musik anstellt und ihnen dann einen Baseballschläger in die Hand drückt, um alles kurz und klein zu schlagen. Den Esszimmertisch zumüllen, die Hochzeitsgeschenke zerstören, die Liebe der Familie, die To-do-Liste, flammenlosen Brand legen, das Haus in die Luft sprengen und hinausstürmen, um die Brautleute vor der Kirche zu erschießen, in einer Szene, die dem *Paten* zur Ehre gereichte. Und der andere vom Bett aus: Ist alles okay, Liebling? Ja, alles in Ordnung! Ist etwas kaputtgegangen? Nein, nichts. Was willst du? Sag mir, was du willst. Ich will Krieg, dachte ich. Krieg mit dir. Aber ich sagte nichts.

Es muss schon nach zehn gewesen sein. Auf der Plaza Houssay probte eine Gruppe Skater schmerzhafte Sprünge. Sie scheiterten und versuchten es aufs Neue. Wir mussten reden, so viel war sicher. Doch mit dem, was du mir dann zu sagen hattest, hätte ich niemals gerechnet. Und als ich am Hospital de Clínicas vorbeikam, rechnete ich auch nicht damit, dass man mich zehn Stunden später im Krankenwagen in diese Notaufnahme bringen würde. Ein paar Monate nicht eingezahlt, und die private Krankenversicherung ist Geschichte. Das hat die Frau am Telefon klargestellt, als du angerufen hast. Ich mit vierzig Fieber, zitternd, in der Wanne mit warmem Wasser, das mir eiskalt vorkam. Man sagte dir, dass man nicht nur keinen Arzt zu uns nach Hause schicken würde, sondern mich auch in keinem Sanatorium aufnehmen könne. Ihr Mann hat keinen Versicherungsschutz. Der Notarzt brachte mich ins öffentliche Krankenhaus. Der Horror, unser großer staatlicher Albtraum, der sichere Tod, und dennoch, innerhalb von zehn Minuten war ich an eine Infusion mit Ich-weiß-nicht-was-für-Wundertropfen angeschlossen und begann mich zu erholen, blieb sogar zur Überwachung in einem Zimmer mit anderen geschwächten Typen dort. Das öffentliche Krankenhaus. Und ich hinterzog Steuern.

Das gewaltige Krankenhausgebäude grüßte mich im Vorübergehen, sagte mir, wir sehen uns in Kürze, aber ich schenkte ihm keine Aufmerksamkeit. Ich hatte mich in unserer Wut verfangen. Ich überquerte die Calle Larrea. Ein Stück weiter vorn befand sich das Stundenhotel Mix, wohin ich früher mit einer meiner Studentinnen aus der Fakultät gegangen bin. Ich weiß noch, wie ich einmal den Zeitungsladen nebenan betrat, um Pariser zu kaufen, es regnete, sie kam herein. Rock und Kampfstiefel. Lächelnd. Ich erinnere mich an alle ihre Tätowierungen. Manchmal trafen wir uns dort freitags vor dem Kurs. Danach erschienen wir beide in der Fakultät, getrennt. Um keinen Verdacht aufkommen zu lassen, versuchte ich mir die Haare mit dem an der Wand befestigten Föhn zu trocknen. Sie saß mit nassen Haaren an ihrem Pult und hörte mir zu. Es waren nur einige Monate. Dann hatte sie einen Freund. Sie bestand den Schein. Sie ging nach Mexiko. Ich glaube, Maiko war zwei Jahre alt. Das ist ein Teil meiner Womanizer-Tour für dich, die du immer alles wissen willst.

An der Avenida Pueyrredón bog ich Richtung Avenida Santa Fe ab. Niemand wollte mich ausrauben, niemand beachtete mich auch nur. Die Gegend war schrecklich. Wenig Licht, die Mülltonnen nicht geleert, Stapel von verrotteten Plastiktüten, Kioskbauten mit kaputten Eisreklameschildern. Ein Vorgeschmack auf das Once-Viertel, nur ohne die ethnische Färbung. Man sollte eine Chronik der Avenida Pueyrredón verfassen, von den alten französischen Häusern in Recoleta bis zum krämerischen Herzen des Marktes auf der Plaza Miserere. Die unsichtbare Abstufung, die nur in der Aufzählung sichtbar wird.

Die Straßen von Villa Crespo, wo ich jetzt wohne, sind

ruhig. Maiko wird bald allein zum Supermarkt gehen können, und später kann er in der Avenida Corrientes die U-Bahn nehmen und bis zu deiner Wohnung fahren. Bald. Es dauert noch. Aber neulich habe ich ihn schon als großen Jungen gesehen. Wir haben zusammen den Innenhof gestrichen, er hat mir beim Kochen geholfen, allein den Ofen angeschaltet, mit einem Riesenmesser Tomaten geschnitten. Er hat mir auch bei den Blumenkästen geholfen. Ich habe Minze, Basilikum, Thymian, Rosmarin und Koriander. Die Wohnung gefällt mir. Du wolltest nie Pflanzen haben, nicht mal auf dem Balkon. Ich würde gern deine Wohnung in Parque Chas sehen.

Ich überquerte die Straßen Ecuador, Anchorena, Laprida. Dort habe ich mich vor ein paar Jahren im Hotel Pelícano mit einer Brasilianerin getroffen. Sie sagte, sie wolle mich übersetzen. Sie hat nie etwas von mir übersetzt. Wir hatten nur Sex, und danach erzählte sie mir von den Diskussionen mit ihrem Bodybuilder-Freund und überlegte, ob sie nach Belo Horizonte zurückfahren sollte oder nicht. Sie fuhr fort und kam wieder. Ein paar Monate lang verschwand sie von der Bildfläche, und plötzlich tauchte sie wieder im Chat auf: Lucas, machen wir ein Pelícano?, schrieb sie. Jedes Treffen war Leistungssport. Sie beherrschte Brazilian Jiu-Jitsu. Manchmal zeigte sie mir einige Griffe, und ich rang nach Luft, den Kopf zwischen ihre schokoladenbraunen Oberschenkel geklemmt. Wenn sie gewollt hätte, hätte sie mich töten und dort liegen lassen können. Erinnerst du dich, wie überrascht du warst, als Nico und ich bei dieser Grillparty zum Spaß kämpften, besoffen, und ich ihn mit einem Griff zu Boden warf? Das hat sie mir beigebracht.

Ich erzähle dir das nicht, damit du mir etwas von dir erzählst. Sondern um mich mir selbst zu erklären. Ich glaube, dass sich etwas in dir angesammelt hat. Was an diesem blinden Fleck passierte, verunsicherte dich. Denn ich passte höllisch auf. Ich zeigte mich nie mit einer Frau in der Öffentlichkeit. Allenfalls drei Meter vor dem Hoteleingang konnte mich jemand sehen. Der einzige riskante Moment. Der Rest war ein beinahe perfektes Geheimnis. Ich achtete genau auf die Details, ich war ein guter Agent. Ich kam immer frisch geduscht nach Hause und kontrollierte, dass kein einziges langes Haar an mir klebte. Ich löschte jede Nachricht. Aber ein Teil von dir bemerkte etwas. Später wurde ich ruhiger und hielt mich ein wenig zurück. Und dann begannst du mit dem späten Nachhausekommen, deine mehr oder weniger bewusste Revanche.

Als wir nach dieser Nacht im Krankenhaus zurückgingen – du viel zu schweigsam, ich mit den Röntgenaufnahmen meiner angebrochenen Rippe –, sagtest du mir, dass Maiko bei deiner Mutter übernachten würde. Da sah ich es kommen. Lucas, was sollen wir tun? So können wir nicht weitermachen. Wir müssen reden, um herauszufinden, was wir wollen. Du hast mich gefragt, wer Guerra sei. Sag mir die Wahrheit. Ich erzählte sie dir. Du warst ein wenig enttäuscht, ich hatte den Eindruck, du hättest lieber von etwas Ernstem gehört. Meine Liebelei aus der Ferne war reichlich kindisch. Du brauchtest meine Story, um deine erzählen zu können. Du hast trotzdem losgelegt. Was du mir dann sagtest, hätte ich nie für möglich gehalten: Ich habe mich in jemanden verliebt, es ist eine Freundin. Eine Frau? Aber du bist nicht lesbisch. Ich weiß nicht, ob ich lesbisch bin, sie gefällt mir, sagtest du. Sie war Ärztin, arbeitete im Sanatorio de la Trinidad Mitre, du hattest sie bei einem Empfang der Stiftung kennengelernt, sie hatte dir E-Mails und WhatsApp-Nachrichten geschickt, ihr hattet euch getroffen, zusammen einen Joint in ihrer Wohnung geraucht und wart schon fast ein Jahr zusammen. Du sagtest, dass du dich nicht länger verstecken würdest.

Ich war wie vom Donner gerührt, das weiß ich noch. Auf diese Neuigkeit lief der naive Zombie zu, auf der Avenida Santa Fe, vorbei an geschlossenen Klamottenläden. Zugegeben, das hatte ich nicht kommen sehen. Ich war sicher, dass du dich mit einem Arzt von der Stiftung trafst, einem Kerl. Darauf hätte ich alles verwettet. Wir waren nicht mehr weit von unserer Wohnung entfernt, und ich hatte das Gefühl, gleich in Ohnmacht zu fallen. Mir war kalt und heiß zugleich. Mein Kopf dröhnte. Ich vermute, dass ich das weiterhin verarbeiten muss, und ich bin immer noch gekränkt. Mochtest du keine Männer mehr, oder ging es nur um mich? Ich verstand es nicht. Deine Mutter stellte mir am Telefon Fragen, und ich wusste nicht, was ich ihr antworten sollte, dein Vater hat zwei Monate lang kein Wort mit dir geredet, bei deinen Verwandten und unseren Freunden schlug es ein wie eine Bombe. Anfangs waren alle auf meiner Seite, nach und nach haben sie dich verstanden. Und ich blieb verletzt, in sexueller Hinsicht, meine ich, der Macho, fertig, erledigt. Reibe ich dir deshalb meine Frauengeschichten unter die Nase, obwohl es dir nichts mehr bedeutet? Es tut weh, aber ich verspüre weder Hass noch Wut.

In letzter Zeit treffe ich mich mit meiner Yogalehrerin. Einmal die Woche, an dem Morgen, wenn ich nicht im Radiosender bin. Sie hat mir eine Menge beigebracht. Wir machen es auf die tantrische Art. Sie hat erwachsene Kinder, die nicht mehr bei ihr wohnen. Sie ist fünf Jahre älter als ich. Fünfzig. Eine echte Milf. Sie will sich weder verlieben noch Kinder haben (kann sie auch nicht mehr) noch mit mir ins Kino gehen. Wir treffen uns und zünden einer beim anderen alle Lichtlein am Baum an, wie sie es ausdrückt. Es ist ziemlich beeindruckend, was mit uns geschieht. Ich erspare dir die Details, ich möchte dir nur von einem Moment erzählen, der sich häufig wiederholt. Ihr gefällt es, wenn ich sie im Stehen nehme. Sie beugt sich über eine Art Sideboard, ich weiß nicht genau, ob man es so nennt, ein Möbel, auf dem die Familienfotos stehen, bis auf ihren Exmann sind alle da, Söhne, Schwiegertöchter, ihre Eltern, russische Vorfahren, ein Zeitstrahl aus Fotos von Schwarz-Weiß bis zu den ersten Digitalaufnahmen, als man noch nicht wusste, wie man die roten Datumsangaben entfernen sollte. Lächelnde Menschen, auf Reisen, am Strand, in verschiedenen Landschaften, hoch oben auf Kamelen, mit Hunden, mit Katzen. Worauf ich hinauswill: Was mich am meisten fasziniert, ist, dass ich sie heftig bumse, fest an den Hüften packe, oder an den Haaren, und durch das Schütteln alle Fotos umkippen. Diese Art Mini-Familienaltar bricht nach und nach zusammen, und sie hört nicht auf, bis sie mit einer Handbewegung die wenigen Rahmen auf den Teppichboden wirft, die noch nicht umgefallen sind.

Ich erzähle das, weil ich in letzter Zeit ziemlich viel über Familie und Ehe nachdenke. Das klingt jetzt, als ob ich den Überlegenen spiele, aber ich meine das hier ganz ernst: Wir müssen eine neue Denkweise entwickeln. Wir sind mit dieser Vorstellung von Familie aufgewachsen, die uns mit Angst erfüllt hat, als wir ihre Risse entdeckten. All das soll dir, erstens, verdeutlichen, dass ich kein Problem damit habe, dass Maiko – an den Tagen, an denen er nicht bei mir ist – bei dir und deiner Partnerin wohnt. Zweitens habe ich kein Problem damit, sie kennenzulernen, in Wirklichkeit möchte ich sie sogar kennenlernen; ich fände es schön, wenn ihr Lust hättet, mal zum Essen zu kommen, damit Maiko uns drei zusammen sieht, und schön wäre auch, sich ohne Verdruss, ohne Schweigen begegnen zu können, wenn ich ebenfalls wieder in einer Partnerschaft lebe. Vielleicht könnten wir etwas gemeinsam unternehmen und sogar zusammen in Urlaub fahren. Wenn nicht in dasselbe Haus, dann vielleicht in denselben Badeort. Mag sein, dass das zu viel wird, aber was ich sagen will, ist, dass Maikos Familie jetzt etwas anderes ist. Man sollte den Mut aufbringen, die Fotos vom Regal zu schmeißen. Du hast mit deiner Entscheidung schon eine Menge Mut bewiesen.

Ich nehme an, dass sich die Idee von Familie gewandelt hat. Sie hat etwas von einem Bausteinprinzip. Jeder bewerkstelligt das, wie er kann. Neulich bekam ich Lust,

mir wieder einmal *Tiranos temblad* auf YouTube anzusehen, ich schaute ältere Folgen, und unter den vielen kleinen Ereignissen in einer bestimmten Woche in Uruguay
war auch die Dreierhochzeit von Guerra, César und Rocío
zu sehen. Die Einstellung dauert nur fünf Sekunden, der
Text geht ungefähr so: »Diese Woche hat eine *Star Wars*-
Tagung stattgefunden, ein paar Jungs haben in Tacuarem-
bó ihre Jonglierkünste gezeigt, es gab einen Skating-Wett-
kampf, ein Mädchen hat Handstand auf der Uferpromenade geübt, der Hund Cristóbal konnte kein Wasser trinken,
weil Raureif seinen Napf überzog, in Montevideo wurde
die erste Dreierhochzeit gefeiert ...« Ein schnelles Bild,
zwei schwangere Bräute in Weiß mit dem Bräutigam in
der Mitte, alle lächeln, in einem Innenhof, eine alternative
Zeremonie, die sie sich ausgedacht hatten, fast die Paro-
die einer Trauung. Da war Guerra mit dem kugelrunden
Bauch. Ich musste das Bild anhalten, um sie zu erkennen.
Etwas machten sie richtig, diese drei. Danach loggte ich
mich bei Facebook ein und rief die Seite ihrer Freundin
auf (denn Guerra hatte ihre geschlossen): Da war jede mit
ihrem Kind im Arm. Auf einem Foto war César mit einem
Löffel in jeder Hand zu sehen, wie er gleichzeitig seine beiden Kinder von verschiedenen Müttern füttert. Vielleicht
lebten die fünf sogar zusammen. Ich weiß nicht, warum
ich mir keine Mails mehr mit Guerra schrieb, der Kontakt
schlief ein bis zum vollkommenen Schweigen. Es freut
mich, dass sie Mutter geworden ist. Sie wirkte zufrieden
in dem Video. Obwohl, auf den Fotos aus dem Alltag sieht
sie erschöpft aus. Vielleicht fragst du dich, wie ich immer

noch manchmal an eine Frau denken kann, die mich ausgeraubt hat oder mich hat ausrauben lassen. Aber ich bin zu achtundneunzig Prozent davon überzeugt, dass sie es nicht war. Diese zwei Prozent sind das Schweigen nach dem zweiten Fußtritt, den sie mir versetzten, ein Minisprung in der Matrix, eine winzige Lücke in meinem Gehirn, die sich niemals schließen wird. Ich schulde Guerra wenigstens die Gunst des Zweifels, und ich lasse sie in meinem idealisierten Uruguay umhertreiben wie versteckt in einem Lied, das nur ich allein kenne.

Schon ein Jahr ist vergangen, inzwischen kann ich mich von meiner Obsession mit diesem Tag lösen, und diese Woche bekommst du die letzte Rückzahlung des Geldes, das du mir geliehen hattest. Danke für die kulanten Raten. Meinem Bruder habe ich sein Geld noch nicht zurückgezahlt. Der Job beim Radio gefällt mir nicht, das ist richtig. Mich nerven die vorwitzigen Dummköpfe, die vorhersehbaren Witze, die sinnlosen Unterbrechungen, und manchmal wünsche ich sehnlichst die Apokalypse herbei, einen Meteoriten, der uns alle auslöscht, wie die Dinosaurier. Doch abgesehen davon ist es trotz der schrecklichen Arbeitszeit ab morgens um sechs ein ruhiger Job. Vor allem freut mich, Cata, dass wir unser Leben vereinfacht haben. Kein Auto zu besitzen fand ich anfangs schwierig, aber es ist eine Erleichterung, diesen Schrotthaufen losgeworden zu sein, der sich in der Sonne aufheizte, Hektoliter Benzin schluckte, Reparaturen benötigte, importierte Ersatzteile, Fahrten in die Waschanlage, einen Stellplatz, der mich stundenlang im Stau auf dem kochend heißen Asphalt der

Autobahnen festhielt. Kein Auto mehr. Maiko in der öffentlichen Schule, auch das war eine gute Veränderung. Er scheint sich eingewöhnt zu haben. Wenn ich ihn von der Schule abhole, fällt mir manchmal auf, wie wir fortschrittlichen Väter uns erkennen, ohne etwas zu sagen, wir sehen uns verstohlen an, wir lauschen den Akzenten getarnter Snobs. Maiko hat sich auch schnell daran gewöhnt, dass er die halbe Woche bei mir ist und die andere Hälfte bei dir. Vielleicht ist er schon überangepasst, aber neulich fragte ihn eine dämliche Nachbarin: »Kommst du deinen Papá besuchen?«, und er antwortete: »Ich komme ihn nicht besuchen, ich wohne auch bei ihm.« Ein Held. An den Tagen, an denen ich ihn nicht sehe, vermisse ich ihn und schreibe ziemlich viel. Das Buch mit den Reportagen ist bereits in Bogotá erschienen. Wenn du willst, gebe ich dir ein Exemplar, aber du hast schon fast alles gelesen, als die einzelnen Artikel erschienen sind. Es ist dir gewidmet. Der brasilianische Roman ist ein nebulöser Neuronenhaufen geblieben. Doch ich arbeite auch an einem Gedichtband und sehr langsam an einem Roman, aber ohne Abenteuer im Amazonas, es gibt weder Drogen noch Schießereien noch Messerattacken, nur ein paar Fußtritte auf der anderen Seite des Flusses. Zwischenfälle nahe der Grenze. Mehr verrate ich dir nicht, sonst geht der Schwung verloren. Einmal im Monat schicke ich Enzo eine Kolumne für die Zeitschrift. Die Spanier vom Astillero-Verlag fordern ihr Buch ein. Cool bleiben.

Ich komme zum Schluss. Die Chronik dieses Dienstags geht zu Ende. Die letzten Meter bis zu unserem Haus schaffte ich nur unter Seufzen und Stöhnen. Was von mir übrig geblieben war, erreichte die Eingangstür. Gerade in diesem Moment kam die Nachbarin aus dem zehnten Stock heraus, die, die mit ihrem Pudel zur Genossenschaftsversammlung geht. Ich trat ein und nahm den Fahrstuhl nach oben. Mein Anblick im Spiegel war schauderhaft. Ich war nicht mehr derselbe, der am Morgen mit dem Fahrstuhl nach unten gefahren war. Leichenblass, eingesunkene Augen, zerzauste Haare, zerknitterte Kleidung, völlig neben mir, schief, krumm, dreckig, übel zugerichtet, schuldig und viele Kilometer auf dem Buckel. Und die Musik für meinen Sohn in der Hand. Siebzehn Stunden waren vergangen. Alles, was ich am Morgen erlebt hatte – das Glücksgefühl auf der Busfahrt, zum Beispiel –, schien sich vor langer Zeit ereignet zu haben. Es war ein langer Tag gewesen. Wie war deiner verlaufen, seit wir uns am Morgen voneinander verabschiedet hatten? Und wie war Guerras Tag weitergegangen? Und der von César, ihrem Freund? Der von Mr. Cuco? So Gott will, werden wir im Tod alles erfahren. Im Moment bleibt uns nichts anderes als unsere Fantasie. Wenn ich den Tag dieses Hundes mit all seinen Details, Gerüchen, Geräuschen, Instinkten, seinen Wegen und Umwegen erzählen könnte, wäre ich ein großer Schriftsteller. Doch so viel Vorstellungskraft besitze ich nicht. Ich schreibe über das, was mir passiert. Der Fahrstuhl kam in unserem Stockwerk an. Ich öffnete die Fahrstuhltür, ich schloss sie und drückte dann auf den Klingelknopf. Während der Pause, bevor ich deine Stimme hörte, spürte ich die Gewissheit, dass ich dich liebte, so wie ich dich jetzt auch liebe und immer lieben werde, was auch geschehe. Es war sehr spät, und ich hörte dich auf der anderen Seite der Tür fragen: Wer ist da? Und ich antwortete: Ich bin es.

Quellen

S. 75: »Ich gleite durch ...«
Aus: Jorge Luis Borges: »Montevideo«, übersetzt von Gisbert Haefs.
In: *Mond gegenüber: Gedichte, Gesammelte Werke, Der Gedichte erster Teil.*
Herausgegeben von Gisbert Haefs und Fritz Arnold, Hanser Verlag,
München Wien, 1991, 1993, 2006, S. 99.

S. 126: »Da war nichts zu machen ...«
Aus: Juan Carlos Onetti: *Der Schacht, Niemandsland, Für diese Nacht,*
übersetzt von Jürgen Dormagen. Suhrkamp Verlag, Frankfurt am
Main 2009, S. 39.

S. 136: »Einen Einschnitt machte ...«
Strophe 388 des argentinischen »Nationalepos«, übersetzt von Adolf
Borstendörfer. In: José Hernández: *Martín Fierro*, Editorial Cosmo-
polita, Buenos Aires 1945, S. 88.

Mathijs Deen
UNTER DEN MENSCHEN
Roman
Übersetzt von Andreas Ecke
192 Seiten, gebunden
mit Schutzumschlag
und Lesebändchen
€ 20,00 [D]
ISBN 978-3-86648-280-7

»Bauernsohn sucht Frau.
Wohnt allein. 80 Hektar.«

Jan lebt auf einem Hof am Deich, die Nordsee ist nur
einen Steinwurf entfernt, doch was ihm fehlt, ist eine Frau.
Auf seine Anzeige meldet sich Wil, aber bald wird klar:
Wil sucht keine Liebe, sondern ein Haus mit Meerblick.
Zwei Menschen, die sich kaum kennen, ziehen zusammen –
kann das gut gehen?

Ulrike Draesner
KANALSCHWIMMER
Roman
176 Seiten,
in Leinen gebunden
mit Schutzumschlag
und Lesebändchen
€ 20,- [D]
ISBN 978-3-86648-288-3

Ein Tag und eine Nacht im eiskalten Meer: einem alten Traum zuliebe – und weil die Liebe eine unerhörte Entscheidung verlangt

Kurz vor dem Ruhestand wird Charles von seiner Frau vor eine Wahl gestellt, die sämtliche Annahmen über sein befriedet scheinendes Leben infrage stellt. Charles vertagt die Entscheidung – und verfolgt einen lang gehegten Traum: einmal im Leben durch den Ärmelkanal zu schwimmen.